기대지 마시오

자글자글 문예지 프로젝트

목차

그냥 찌그러져 있을게 | 바위 5

빨강 | 견더 15

라퓨타 | 미래 21

할머니에 대한 기억 | 호준 42

유주 이야기 | 주연 50

세상이 왜 날 원하겠어 미친 게 아니라면 | 바위 71

여름애(愛) | 견더 81

마음을 열어봐 | 태윤 84

연애담 | 희재 105

여름의 초복 | 견더 126

잃어버린 것들을 위한 시 | 호준 131

덤벼라 건방진 세상아 이제는 더 참을 수가 없다 | 바위140

그냥 찌그러져 있을게

바위 씀

※ 이 글은 가수 달빛요정역전만루홈런의 노래 <치킨런> 에서 모티브를 얻은 소설입니다. 실제 사건, 인물, 배경 등과 관련 없음을 알려 드립니다.

오래전 널 바래다주던 길
어쩌다 난 이 길을 달리게 된 걸까
이러다 널 만나게 될까봐 난 두려워

오래전 널 바래다주던 길이다.

어쩌다 난 이 길을 달리게 된 걸까?

너 없는 이 길은 생소하다. 이 길을 이렇게 빠른 속도로 가야 하는 것도 생소하다.

어쩌면 이제는 너조차 생소할지도 모르겠다.

이 동네에서 일하게 됐을 때 문득 네 생각이 났다. 너와 헤어진 지도 벌써 몇 년이 지났고, 너는 나 이후에도 벌써 몇 명씩이나 다른 남자를 만나온 걸로 안다. 찌질하게도 나는 너의 SNS 프로필과 피드를 주기적으로 체크하고 있었으니까. 그리고 네가 아직도 이 동네에서 산다는 것 역시 나는 알고 있다.

이 동네가 기존에 배달일을 하던 동네보다 배달비를 건당 오백 원은 더 받을 수 있다는 이야기를 듣고 이 동네에서 배달일을 하기로 결정했다. 배달일은 이제 나름 익숙하다. 한 만큼 돈도 받고, 가끔 위험하긴 하지만 생각보다 어렵지도 않다. 아니, 쉽다. 써지지 않는 글을 쓰려고 풀썩 찌그러져 앉아 키보드에 손가락만 얹은 채 노트북 모니터를 멍하니 들여다보고 있는 것보다는 말이다. 나오지 않는 글자를 억지로 짜내보았자 그 글자들에서는 돈 한푼 짜내기도 힘들다. 학은커녕 이순신장군도, 다보탑 하나도 짜내기 어렵다. 공장에서 짜낸 싸구려 소주로 뇌를 적시고 얻은 두통을 타이레놀로 달래다보면, 벌어들인 다보탑보다

무너뜨리는 다보탑이 많음을 순간적으로 실감할 때가 있다. 그러니 이제 내겐 그따위 글자를 짜내는 일보다 배달일이 더 가치 있게 느껴진 지가 꽤 된 것도 이상한 일이 아니다. 게다가 건당 오백 원을 더 받을 수 있다면, 널 다시 만나게 될까봐 두려운 것 정도야 애써 무시할 수 있다. 물론 애써 무시하는 것이지, 두렵지 않은 것은 아니다. 난 두렵다. 이러다 널 다시 만나게 될까봐.

직업에는 귀천이 없다고 배웠지만

현실은 그렇지 않더군

물론 널 다시 만나는 게 두려운 것은 이.런.꼴.로.는. 다시 만나고 싶지 않았기 때문이다. 배달일은 꼭 필요한 일이고, 없어선 안 되는 일이지만 존경받는 일은 아니다. 분명 학교에서는 직업에 귀천이 없다고 배웠는데, 현실은 그렇지 않은 것 같다. 우리에게 직업에 귀천이 없다고 가르쳤던 선생님은 남편감으로 법조인이나 의사만 찾다가 아직도 결혼을 못하고 노처녀로 남아 있다는 얘기를 건너 들었다. 그분이 다르게 가르쳐줬다면 나는 지금 다른 길을 달리고 있었을까.

난 부끄러워

키작고 배 나온 닭배달아저씨

영원히 난 잊혀질 거야

아무도 날 몰라봤으면 해

난 버티지 못했어

모두 다 미안해

내게도 너에게도

아마 아닐 것이다.

0에다가는 무슨 수를 곱해도 다시 0이 된다.

나는 그저 키 170도 되지 않는 주제에 배는 볼록하게 나온 닭 배달 아저씨일 뿐이다.

부끄럽다. 그리고 미안하다.

이 길을 걸으며 너와 나에게 나눴던 다짐들에게. 내게도 너에게도. 모두 다.

영원히 난 잊힐 것이다. 아무래도 이중피동을 써야겠다. 잊혀질 것이다.

아무도 날 몰라봤으면 한다. 그들이 버텨낸 것들을, 난 버티지 못했으니까.

누군가 날 알아본다면 날 박제하려 들지 않을까. 이래선 안 된다는 교훈감으로.

세상은 내게 감사하라네
그래 알았어

사장놈은 배달거리를 나에게 건네줄 때마다 말하곤 한다.

“감사해라.”

생각해보니 배달 줄 때만 얘기한 건 아니다. 날 채용할 때도 그랬다. 써주는 걸 감사하라고. 일하는 것도 감사하고, 돈 받는 것도 감사하고, 다 감사하라고. 감사하진 않고 간사한 마음만 들었다. 왜 항상 나만 감사하고 지는 씨발 대체 언제 감사하는 거야 같은 생각을 했다. 생각만 했다. 말로는 못하고.

"네, 알겠어요."

내 인생의 영토는 여기까지
주공 1단지 그대의 치킨런

어릴 때의 나는 내가 세계를 누비며 살아갈 줄로만 알았다.

정말이다. 엄마가 사줬던 세계위인전집 때문이다. 한국위인전집만 사주지. 아니 그냥 위인전 같은 거 사주지 말지. 해리 포터 같은 것만 사줬으면 난 꿈에서 빨리 깼을지도 모른다. 전속력으로 승강장과 승강장 사이의 벽에 부딪쳐봤자 아프기만 하고 마법학교에는 갈 수 없다는 걸 단숨에 알았을 테니까. 난 머글이니까.

정말 나는 내 인생의 영토가 여기까지인 줄은 몰랐다. 호그와트는 당연히 아니고, 세계도 아니고, 한국도 아니고, 뭐 서울은 서울인데 서울에서도 구석진 곳의 아파트 단지. 단지 여기까지가 내 영토다.

그래도 뭐, 내 영토를 스쿠터로 달리는 기분은 나름 나쁘지 않다. 않았다. 사장놈에게서 전화가 오기 전까지는.

"야이새끼야! 배달 늦는다고 컴플레인 왔어! 빨리 안가? 104동 1104호 빨리 가!"

요즘은 배달 앱에서 도착 예정 시간이 뜨기 때문에 그 시간을 좀 넘기면 컴플레인이 들어오곤 한다. 그래서 아예 도착 예정 시간을 넉넉하게 잡는 매장도 있는데, 우리 사장놈은 예정 시간을 빠듯하게 잡아서 빨리빨리의 민족이 주문을 더 하도록 유도하는 전략을 쓴다.

"알았어요! 지금 가고 있어요!"

나도 모르게 목소리가 퉁명스럽게 나온다.

"그래새끼야, 감사해라인마!"

씨발 또 감사하래.

어제 나는 기타를 팔았어
처음 샀던 기타를 아빠가 부실 때도
슬펐지만 울지는 않았어 어제처럼

진짜 개빡친다.

11층을 가야 하는데, 엘리베이터가 점검중이다. 평소라면 운동 삼아 느긋하게 걸어 올라갈 텐데, 컴플레인 전화까지 받았다는데 그럴 수는 없다. 일부러라도 땀을 흘려서 불쌍한 모습을 보여줘야 별점 테러를 안 받는다. 별점 테러 받았다간 차라리 감사하란 말을 듣는 게 감사해질 정도로 사장놈에게 갈굼을 당할 게 뻔하다.

치킨 봉다리를 한손에 들고 뛰어 올라간다. 5층쯤 올라갔을 때 숨을 몰아쉬며 잠시 쉬다가 봉다리를 다른 손으로 바꿔 들고 또 다시 뛰어 올라간다. 드디어 11층이다. 아니 12층이네? 씨발 또 개빡친다. 열심히 올라오다보니 지나친 것이다. 진짜 개빡친다. 개빡친다, 라는 저렴한 어휘밖에 내뱉지 못하는 내 스스로가 슬프면서도 아무렴 어떤가, 싶었다.몇 달 동안이나 매달리던 소설을 휴지통에 버렸다가 복구시켰다가를 반복하다가 어젯밤 결국 쉬프트 딜리트 키를 눌러 영구 삭제했기 때문이다. 아아, 난 어젯밤 눈가에 가득한 땀을 닦아내며 그동안 그토록 궁금해했던 글쓰기의 유용함을 깨달았다. 글쓰기는 안구건조증 치료에 매우 효과적이다. 그 효능이 글쓰기를 끝마칠 때에야 비로소 발휘가 된다는 점은 좀 아쉽지만.

헉-. 헉-. 허어-ㄱ.

나는 거친 숨을 몰아쉬며 1104호 문 앞에 섰다. 조심스레 초인종을 눌렀다. 짜증 섞인 표정으로 문을 열며 나를 맞이할 손님의 얼굴을 그려보았다. 어찌 그리도 다른 얼굴들에 하나같이 같은 표정이 떠오르는 걸까.

벌컥-.

욕망은 파멸을 불러와

여기에 좋은 증거가 있어

날 박제해도 좋아

교훈이 될 거야

이래선 안 된다는

더 내려갈 계단이 없는 걸 깨달았다. 1층이었다. 1층에 도착하고 나니 엘리베이터가 눈에 들어왔다. 점검이 끝나 있었다. 언제 끝났지, 저거. 하고 중얼거린 나는 멍하게 아파트 문을 나와선 눈에 들어오는 벤치에 찌그러져 앉았다.

1104호 손님은 내가 예상한 대로의 표정을 지으며 문을 열었다. 기계적으로 늦어서 죄송하다는 말을 내미려고 하는데 예상하지 못한(그러니까 손님이 나를 보고 지을 거라고는 꿈에도 상상하지 못한) 표정으로 바뀌는 얼굴이 보였다. 곧이어 힘들어 죽겠(난 당신을 위해 최선을 다했)다는 표정이었을 내 얼굴 역시 상대방과 같은 표정을 지었다.

영원 같던 잠시 간의 침묵이 흐르고, 나는 말없이 숨을 몰아쉬며 치킨 봉다리를 건넸고 너는 눈을 내리깔며 그것을 받았다. 넌 내가 아는 사람 중에 유일하게 치킨을 싫어하는 사람이었다. 내가 굳이굳이 닭배달을 택한 이유이기도 하다. 네가 왜 치킨을, 네가 왜 치킨을.

"자기야, 치킨 왔어?"

안쪽에서 무슨 소리가 들렸다. 벌컥 열렸던 문은 스르르 닫혔다. "닫히는 문에 발가락을 찧어서 다쳤어, 문은 닫혔고 나는 다쳤어."라며 과장되게 아픈 시늉을 하던 너를 보며 웃었던 기억이 떠올랐다. 문은 닫혔다. 스르르 닫혔는데도, 닫혔다. 왜 몰랐을까. 바래다주며 수십 번은 보았던 문이었다. 왜 몰랐을까. 헤어짐이 아쉬워 멀쩡한 엘리베이터를 두고 굳이 함께 걸어 올랐던 계단이었다. 왜 몰랐을까. 1년에

책 한권도 잘 읽지 않는 너는 나를 위해서라면 재미없는 내 소설을 밤새워 읽어주던 사람이었다. 왜 몰랐을까. 너는 누군가를 위해서 싫어하던 치킨을 시킬 수 있는 사람이었다.

그냥 찌그러져
찌그러져 찌그러져
있을게

콜이 울렸다. 사장놈이었다.

"야이새끼야! 뭐해! 왜안와!"

예곳감요. 대답한 나는 벤치에 찌그러져 있던 내 몸을 일으켰다. 일어났는데도 찌그러진 느낌이 들었다. 세상이 온 힘을 다해 나를 찌그러트리는 느낌이었다. 저 멀리서 아득히 사장놈의 감사하라는 말이 들리는 것만 같았다. 그래 알았어요. 찌그러트린다면 찌그러트리는 대로, 그냥 찌그러져, 찌그러져, 찌그러져 있을게요.

빨강

견더 씀

01.

딩동♬ 박지후 고객님!

진심을 다하는 롯데택배입니다.

박지후님께서 기다리시던 상품을 가지고 출발합니다.

■ 보내는 분(곳) : YES24

■ 상품명 : General Anatomy and Musculoskeletal System, 3/E

■ 운송장번호 : 134586462000

■ 배송지 : 서울 마포구 합정동

■ 배송예정시간 : 14~16시

항상 롯데택배를 이용해주셔서 감사합니다.

“제네럴 아나토미 앤 머스큘로..... 해부학이랑 근골격학..? 이번엔 책이네.” 문자가 도착하면 해야하는 일이 있다. 먼저, 다이어리를 꺼내 붙어있는 태그를 확인한다. 출근/귀가, 가족, 친구, 식사, 택배, 아이디/비밀번호. 그리고 그 중에 ‘택배’ 태그가 붙여진 곳을 펼쳐 적는 것.

‘2월 26일. 주소 동일. 예스24, 해부학/근골격학 도서’

물론 그 위로 예전부터 적어온 메모들이 있다.

‘2월 20일. 이소정(사촌). 부산시 금정구 장정동. 지마켓. 무드등

‘2월 15일. 새로 이사한 집. 서울시 마포구 합정동. 쿠팡. 락스/청소용 솔’

‘1월 21일. 부모님. 대전시 서구 둔산동. 카카오. 안마기’

‘1월 17일. 김태현(고등학교 동창). 서울시 종로구 혜화동. 무신사. 후드티’

‘12월 30일. 전에 살던 집. 서울시 성북구 안암동. 네이버쇼핑. 방수포/압박붕대’

“적지 않으면 까먹어버린다니까-” 오늘은 4시에 신촌에서 약속이 있는 날이다. 집에 돌아올 때 쯤에는 죽이되든 밥이되든 기필코 결단을 내릴 것이다.

02.

눈이 펑펑 오는 날이었다. 끊임없는 술게임의 지옥에서 잠시 벗어나 바깥공기라도 쐬려고 나가는데 그만 계단에서 넘어져버렸다. 이미 얼큰하게 취한 탓에 아픈 건 둘째치고, 온통 슬로우 모션으로 돌아가는 세상이 어지러워 가만히 벤치에 앉아있었다.

"빨간 물감이 도화지에 한 방울 씩 떨어지는 것 같다."

웬 여자애가 벤치 옆에 앉더니 날 빤히 쳐다보며 말했다. 아니, 정확히는 내 무릎에서 흐르는 피가 하얀 눈을 빨갛게 적시는 모습을 보고 있었다. 지후와는 이날, 그러니까 새터에서 처음 만났다. 나는 불문과 지후는 간호학과였는데 단과대가 달랐음에도 새터를 같은 곳으로 오게 되어 음, 운명적으로 만났다고 해야하나.

지후와의 연애는 뭐랄까, 섹시했다. 지후는 나와는 다른 세상에 살고 있는 것 같았다. 내가 이름도 발음하기 어려운 불란서 문학을 분석할 때, 지후는 내 몸 이곳저곳을 콕콕 찌르면서 여기는 위팔두갈래근, 여기는 어깨세모근, 여기는 슬개골, 여기는 하악골이야, 하며 웃었다.

"자기야, 나 소원이 있는데. 우리 언젠가 헤어지더라도 절대로 날 잊으면 안돼."

"응, 좋아. 대신 내 소원도 나중에 들어주기야."

03.

승준이가 날 스토킹했다. 우리가 헤어진 그날부터 오늘까지, 3개월 내내. 형사 아저씨가 다이어리 하나를 보여줬다. 다이어리에는 온갖 태그가 붙어있었고, 친구라는 태그를 펼쳐보니.

'이수경, 1997.03.25., 간호학과 선배, ★☆☆☆☆'

'박진웅, 1995.08.14., 미팅 애프터, ★★★★★, 자꾸 지후한테 술 마시고 전화함'

'최태민, 1999.05.13., 고등학교친구/동네친구, ★★★★★, 경계대상 1호'

'김가영, 1999.01.20., 알바, ★★★☆☆, '

"이승준씨가 박지후씨를 신고했어요. 박지후씨가 누군가를 죽이려고 하는 것 같다면서, 심상치 않다고. 그러면서 이 다이어리를 보여주면서 막 뭐라고 하는데. 나원참. 살인은 무슨. 스토커 주제에. 박지후씨도 아셔야 할 것 같아서 일단 불렀습니다."

"지후야, 나 다 알아. 내가 너 걱정되어서 신고했어. 너 지금 아픈거야. 괜찮아. 일단 여기 형사님께 다 털어놓고……."

오랜만에 본 승준이는 날 보자마자 와락 안으면서 알 수 없는 말을 늘어놓았다. 웃음이 나왔다. 내가 죽이려고 했다고? ……. 그런데 누구를?

04.

꿈을 꾸었나, 술에 취했나. 이리 뒤집어도 빨강, 저리 뒤집어도 빨강, 양면이 새빨간 색종이 조각처럼 기억이 싹둑싹둑 빨갛게 잘려나갔다.

문과대학 404호 불문과 학생회실.

토마토스파게티를 티셔츠에 온통 쏟은채 쓰러져있던 재욱이.

팔과 다리에 묻은 떡볶이 소스를 보며 울고 있던 병찬이.

딸기잼이 온통 묻혀져 잘린 듯 만 듯 너덜거리는 바게트를 잡고 울부짖던 현수

새빨간 육회, 물러터진 토마토와 체리, 핫소스.

온갖 음식물이 섞여서 나는, 처음 맡아보는 그런 냄새가 났다.

05.

이젠 승준이에게 내 소원을 말할 차례다.

"자기야, 내 소원은 자기가 지금부터 얌전히, 아주 얌전히 있는거야."

라퓨타

미래 씀

 # 개안

'개안'의 개념을 이해하지 못한 이유는,
눈을 떠도 온통 암흑만 펼쳐졌기 때문.

몸을 일으키는 법도 몰라
이리저리 꿈틀거리니,
왼 편에서 들려왔던
처음으로 듣는 소리.

그건 네 목소리였다.

그 날이 아마 내가 태어난 날
너는 내게 생일을 축하한다고
그렇지만 손을 놓아버리면
죽일 거라고 말했다

그제서야 우리가 손을 잡고
있었다는 걸
내 왼손은 늘 네 오른손을 잡고
있었다는 걸

어쩌면 네가 나를 만들었을까
그렇다면 창조주가 죄악일까
피조물이 죄악일까
그런 생각은 속으로만 했다

#훈련

생존을 위해 몇 가지 훈련을 거쳐야 한다
그건 네가 날 살리기 위해 알려준
수십 개의 규칙 중 하나.

네가 날 잡아끄는 대로 가
시뻘겋게 녹이 슨
철제 구조물 속으로 들어가
마치 뼛 속으로 삼켜진.

손에 쥔 무거운 연장들
그럼에도 난 네 손을
놓을 수 없기에
우리는 함께 노래하며

연기 속에서 망치를 두들겨댔다

우리 말고도 많았다
다들 표정이 없었다

안개인지 연기인지 모를
시뿌연 것 속에서
기침을 해대며
무언가를 만들어댔다

무얼 하는 것인지 물으면
너는 그런 걸 물으면
쫓겨난다며
왼손을 내 인중에 가져다댔다

침묵도 훈련의 일부야.

말하지 말아야 할 때를 아는 것은
내게는 퍽 쉬운 훈련이었다

네가 나를 보며
유일한 왼쪽 눈으로
눈물을 흘렸을 때
이유를 묻지 않은 것은
그 덕분이었다.

 # 철로

손을 잡고 다닌 건
우리 뿐이었다

난쟁이들은
우리가 잡은 손
밑으로 지나가며
내 발을 툭 치곤 했다

작업이 끝나면
키 큰 사람들이
우리를 줄 세워

차례로 철로를 따라

걷
게
했
다

꽤먼거리를걸어야했기에네장화는쉽게망가지

고
그
럼
나
는
내
장
화
를
벗
어
주
곤
했
다

철로 끝에 보이는
작은 집들 위에는
굴뚝이 달려 있다
굴뚝 위로 이따금

연기가 뻐끔 거리고
연기는 저 위로
끊임없이 솟아 올랐다

재앙의 하늘은
통곡을 닮았다

 # 연장통
무얼 위해 태어난 건지는
아마 알 것 같았다
우리는 매일 눈을 뜨면
동시에 일어나
줄을 지어 철로를 따라
작업장에 가
무언가를 만들었고
키 큰 사람이 부르면
다시 줄을 지어
철로를 따라
집으로 왔다

그 무언가는 그럼 무엇인가

그것도 침묵의 영역이겠지

너는 똑똑하니까
내게 알려줄 수 있겠지만
알려주지 않은 이유가 있겠지
분명히 나를 위한 것이겠지

우리를 제외하고는
그 좁디 좁은 다락에서
살아남은 사람은 없으니까

다닥다닥 붙은 이층 돌판
돌판 위에 올라 우리는
두 손을 꼭 잡고
눈을 감았고
이따금 누군가 (아마 키 큰 사람이)
들어오면
비명소리가 터져나오다

점차 열어졌다
이번에는 우리일까
우리가 아닐거야 왜냐하면
우리는 손을 꼭 잡았으니까

너는 입을 움직이지 않고도
말할 수 있었다
그건 오래도록 침묵을
지켰기에 얻은 능력일까

그 위로는 내가 아닌
너를 위한 것이었을까

우리는 돌 판 구석에
각자의 연장통을 차례로 쌓았다
나는 그것에 대고 속으로 빌었다
이것이 행복이라면 늘 행복하도록
계속 너와 함께 행복하기를.

 # 톱

무거운 목소리의 남자
철도를 따라 걷는 우리를
불러 세웠다
두 손을 잡는 이유를
물었지만
나는 그 이유를 몰랐기에
그리고 침묵이 규칙이기에
대답할 수 없었다

너는 남자에게
큰 목소리로
마치 이 날을 위해
태어났다는 듯
찢어지게 외쳤다

우리는 태어날 때부터
두 손을 잡았기에
그래서 손을
놓지 않는다고.

남자는 손짓하고
가만히 서있던 나를
보챈 건 너였다
따라가자고.

넌 원래 나보다 용맹했지
난 원래 너보다 연약했지

남자는 자신의 공간
불이 끓고
연기가 솟아오르는
어둠의 공간에서

우리의 양 손을
결박하고 쇠로 채웠다
작은 구멍은
쇳덩이로 달구어
막아버렸고
그렇게 우리의
두 손을 영겁으로

묶어 잠구었다

너는 울지 않았고
나는 울 이유가 없었다

원래 함께였기에.

남자는 우리의
등을 떠밀었고
우리는 저 멀리
이미 점이 되어 철로를
따라 걷고 있는
일행들의 뒤꽁무니를
따라 걸었다

남자가 보이지 않자
너는 말했다

만일 네가
이걸 자른다면

천천히 자르렴.

고통을 전부 감각하고 싶어.

우리를 마침내

이어준 이것을

감히 내가 자를 수나 있을까

만일 내가

자르게 된다면

한번에 자를 거야.

나는 침묵을 배웠으므로

고개만 주억거리며

침묵했다.

 # 세상의끝

왼손이 묶여
오른손으로 든 연장통

네가 네 것을 버리고
어딘가를 손으로 가리켰다
그 곳은 세상의 끝
아무도 가보지 않았던 곳
혹은 가봤다고 말하지 못했던 곳

네가 환하게 웃었기에
나도 따라 웃었다

숨을 헐떡이며
네가 버린 연장통과
내가 챙긴 내 것을
오른손으로 함께 들고
처음 보는 광경을 향해
내달렸다

경로이탈은 규칙 위반이었지만
그런 것은
생각할 수 없다

황무지의 끝에는
생명체 하나 없는
절벽과
그 밑으로 보이는
저 먼 세상.

너는 두 눈으로
저 먼 세상을 담으며
또다시 유일한
왼쪽 눈으로
눈물을 흘렸다

그러자 맘에
울리는 미지의 소리

한 명만 뛰어내릴 수 있다

오,

그렇지만

나와 너는

태어날 때부터

두 손을 잡고 있었기에

두 손을 놓을 수 없었기에

한 명만 뛰어내릴 수는 없겠지

공중의 섬에서 내려다 보는 시퍼런
물천지와 날아다니는 새들이 잡아
먹는 짐승들과 바위 틈새 자라난
초록빛 생명의 흔적은 꽤나 우리
가 사는 이곳을 지옥이라 느끼게
만들어 주었고 그럼에도 저 천국
을 혼자 가야만 하는 것이라면 난
불행한 천국이기에 차라리 너와
두 손을 잡아야만 하는 이 행복한
지옥에서 살겠노라 생각하는 그 때,

귀를 찢는 듯한 소음
키 큰 사람이 온 걸까 돌아보지만
전기톱을 든 너만 있었다

넌 아무 말 없이
내 손목을 잘랐다
나는 침묵을 수도 없이
배웠기에
침묵을 가르친 것이
너였기에
솟구치는 피를 바라보며
울음을 삼켰다

나는 단번에 자른댔지
너는 나를 밀쳐내고
밑으로 저 밑으로

떨
—
어

졌

다

..

너가 떨어진 곳에
물이 튀어오르고
너는 익숙하지 않은 몸짓으로
근처 바위를 향했다

너는 내가 있는
우리가 있던
하늘은 한번도 올려다보지 않고
네 손목에 연결된
덜렁거리는 수갑과
그 끝에서 힘없이 널 따라다니는
내 손목만이 계속 위로 떠올랐다

저 멀리서
키 큰 남자들의 소리가 들려
나는 황무지에 내 피를 남기며
뒤돌아 섰다

너는 가버렸지만
내 손목은

이제 네 그림자.

우리의 모든 것을
다 버리고
나를 버리고
나를 죽이고 선택한 것이니,

침묵을 배운 것은
이 날을 위한 것이었다.
침묵을 가르친 것은
이 날을 위한 것이었지.

할머니에 대한 기억

호준 씀

지난 해에는 외할머니가 돌아가셨다. 할아버지가 돌아가신 후로 할머니의 몸 상태가 많이 안좋아진 지가 벌써 10년이 넘었으니, 꽤 오랫동안 앓다 돌아가신 셈이다. 가족들의 입장에서는 받아들일 수 있는 준비기간이 길었던 탓이었는지, 이미 할아버지 때 한번은 경험을 해봐서인지는 모르겠지만 장례식장의 분위기는 아주 초상집만은 아니었다. 어머니도 친척들도 다들 덤덤하게 일상적인 이야기를 하곤 했는데, 그래서인지 사실은 장례식이라기보다 오랜만에 친척들이 모인 명절처럼 느껴졌다. 우리는 정말 다들 하나같이 서로의 안부를 물으며 근황을 이야기하곤 했는데 마치 앞으로는 이렇게 모두 모일 일이 많지 않을 것이라는 걸 직감적으로 알고 있는 사람들 같았다. 구심점이었던 할머니와 할아버지가 모두 돌아가셨으니, 아마 그것은 틀린 생각은 아니었을 것 같다.

내게는 그런 무덤덤함이 의외는 아니었는데, 여느 화목한 집과는 달리 나는 초등학교 이후로는 할머니와 함께 나누었던 기억이 그다지 많지는 않았기 때문이다. 할머니와 전혀 불화가 있거나 했던 건 아니지만 명절이 아니면 할머니를 만날 계기도 그다지 많지 않았고, 외할아버지가 돌아가신 후로는 할머니의 건강도 크게 악화되어 누군가를 만날 수준이 되지를 못했다. 멀리 사시는 것도 아니긴 했는데, 내가 어느 정도 크고 난 이후부터는 애초에 어머니도 굳이 나를 외갓집에 데려가려고 하시지는 않았던 것 같다. 여간 장례식이 마무리 되고 집으로 돌아가면서는, 나조차도 너무 무덤덤하게 장례를 치른 것이 사뭇 죄송스러워 스스로 애도하는 마음으로 그녀에 대한 기억들을 차분히 떠올려보았다.

사실 아주 어린 시절에 나는 외갓집에 자주 맡겨져 있었다. 집에서 멀지 않기도 했고, 부모님이 맞벌이를 하셔서 바쁘시기도 했다. 돌이켜 보니 그 전까지는 몰랐던 사실 하나를 발견했는데, 아마도 내 최초의 기억이라고 부를만한 일이 할머니와 함께한 기억이었다는 것이다. 나는 어머니가 동생을 낳기 전 한 몇 개월을 외가에서 할머니와 함께 지냈었는데, 아무리 생각해봐도 그 전의 일들은 전혀 기억이 나지 않았다. 그러니 그 4살 무렵의 시절부터가 내 기억의 시작점인 셈이다.

그때의 기억은 단편적인 장면이 대부분인데, 대개는 할머니네 집 곳곳을 돌아다니며 놀았던 기억들이다. 외갓집은 기왓집을 조금 개량한 한옥이었는데, 지금 살고 있는 아파트 같은 곳에 비하면 돌아다니며 여기저기에 놀 공간이 많았다. 마당에서 흙을 가지고 손장난을 치기도 하고, 기와가 있는 옥상에 올라가 분필 같은 것으로 기와에 낙서를 하는 게 즐거웠던 기억도 있다. 또 한번은 장독대 속에는 뭐가 있는지 궁금해 한번 뚜껑을 열었다가 할머니에게 쫓겨나기도 했다. 여간 할머니네 집은 장난칠 구석이 많았고, 또 그럴 재미가 있는 집이기도 했다. 특히나 내가 좋아했던 공간은 대청마루였는데, 할머니 무릎을 베고 그곳에 누워있으면서 '아침바람, 찬바람에, 울고가는, 저기러기'하고 시작하는

쎄쎄쎄를 배우기도 했었다. 그때가 얼마나 편안했는지, 지금도 평화로운 느낌을 머릿속에서 그리자면 어린 시절 외갓집의 대청마루가 가장 먼저 떠오르곤 한다.

그곳에서의 기억 중에서도 가장 선명한 것은 할머니와 함께 손잡고 기차를 보러 가던 일이었다. 기차역 근처였던 그 외갓집 대청마루에 누워있다보면 종종 기차소리가 어렴풋이 들렸는데, 그럴때마다 나는 할머니에게 기차를 보러가자고 졸랐다. 할머니는 엄한 성격이 못되어서 내가 떼를 쓰면 내 손을 잡고 밑으로 기차가 지나다니는 육교로 나를 데리고 가주었는데, 나는 그러면 얼마간이고 할머니가 돌아가자고 할 때까지 하염없이 기차를 보고 있곤 했다. 지금은 출퇴근을 하면서 하루에 몇 번씩이고 강제로 봐야하는 장면이지만, 그때는 기차의 모든 것이 생경했다. 멀리서 아주 작은 소리에서부터 가까이 다가올수록 점점 커지는 기차의 굉음과, 육중하고 거대한 기차의 존재감이 신기했던 것 같다. 그리고 무엇보다도 육교 위에 서 있으면 기차가 지나가면서 시원한 바람이 부는데, 그 바람의 느낌이 참 기분이 좋았다. 또, 한참을 기차만 바라보고 있다가 문득 무서워져서 뒤를 돌아보면, 할머니가 내 뒤에 있는 것이 퍽 안심이 되었다.

안타깝지만 그 시절 이후로 할머니와 개인적인 시간을

보낸 적은 거의 없었다. 물론 명절에는 늘 친척들이 모두 할머니 집에 모이곤 했지만, 그건 그다지 기억에 남는 일은 아니었다. 할머니와 개인적인 시간을 보낸 것은 그 후로 단 한번이었다. 시기는 정확히는 기억나지 않지만 중학생인가, 고등학생 때인가 우연히 할머니네 집 근처에 볼일이 있었던 적이 있었다. 평소라면 그냥 지나쳤을 테지만 왠지 그날따라 멀리서 기차소리가 들리는 것 같기도 하고, 그러다 보니 문득 외갓집에 가보고 싶다는 생각이 들었다. 그치만 돌아가신 할아버지의 명패가 달려있는 외갓집의 대문 앞에 도착하니, 괜히 왔나 싶기도 하고 왠지 모르게 긴장이 되기도 했다. 그도 그럴 것이 연락을 한 것도 아니고, 어머니와 함께가 아닌 혼자서 제 발로 할머니 댁을 찾아간 것은 그때가 처음이었기 때문이다. 아마 그런 살가운 행동이 부끄러웠던 사춘기여서 그랬던 것 같기도 하다.

여튼 그런 약간의 긴장감을 안고, 조금은 용기를 내어 "할머니"하고 부르며 외갓집 대문을 열어젖혔다. 그리고 그곳에서 나는 나를 보며 아주 환하게 웃는 할머니를 만날 수 있었다. 할머니는 "어떻게 왔냐"며 자연스럽게 자주 오던 손님을 맞이 하는냥 과일이니 보리차니 하는 것을 내어주었고, 우리는 어린 시절 내가 자주 누워있던 대청마루에 나란히 앉아 있었다. 할머니는 평소에도 말 수가 많지 않아 과묵한 쪽에 가까웠고, 나도 그다지 살가운 손자는 아니어서 별다른 이야기는 하지 않았다. 나는 나대로 어색해 하며 가만히 있고, 할머니는 할머니대로 멸치 대가리를 딴다든지 하는 집안일을 하며 한 30분 정도의 시간을 보냈다. 그리고는 집으로 돌아왔다. 그때 나는 아무런 이유 없이도, 나를 환대해주는 곳이 우리 집 말고도 있다는 게 왠지 든든하게 느껴졌던 것 같다. 아마 그게 내가 기억하는 할머니와의 마지막 개인적인 시간이었다. 왠지 모르겠지만 그 후로는 외갓집을 가게 될 일이 없었고, 또 몇 년 후에는 외삼촌이 홀로된 할머니를 모시면서 그 집을 팔아 갈 수 없어지기도 했다.

장례식이 끝나고 집으로 돌아온 날 밤, 나는 내가 할머니를 사랑하지 않았음을 알게 되었다. 그리고 나는 그 사실이 왠지 너무 미안했다. 미워한 것이 아니다. 할머니를 미워하거나, 원망할만한 일은 전혀 없었다. 다만, 내가 할머니를 그렇게까지 사랑하지 않았음도 너무 명확한 사실이었다. 대개는 응당 그래야 할 것으로 여기곤 하지만, 가족이라고 해서 모든 사람을 사랑하게 되는 것은 아니며 그것은 자연스레 귀결되는 일도 아니었다. 사랑했다면 더 자주 찾아갔어야 했을 것이고, 더 마음이 찢어질 것처럼 아팠어야 했다. 하지만 나는 그러지 않았다. 이렇게 얘기하면 웃기겠지만, 단지 우리는 친해질 계기가 별로 없었다고 생각한다. 나는 쑥스러움이 많은, 가족들에게 마냥 살가운 게 어색한 사람이었고 할머니는 할머니대로 다정했지만 말수가 많거나 활발한 성격은 아니었다. 게다가 내가 성인이 되어 할머니와 대화를 할 수 있을 즈음엔, 할머니의 몸 상태가 많이 악화되었다. 그렇게 조금은 엇갈린 시간 속에서 우리는 긴 세월을 데면데면하게 지내게 된 것이다.

조금 더 이야기할 수 있었더라면 좋았을 텐데 하는 생각이 들었지만 그건 당연하게도 이제는 불가능하다. 그런 의미에서 이제 와서는 할머니를 사랑하게 되는 것도 불가능한 일이라고 생각한다. 안타깝고 무엇보다도 부정하고 싶지만, 이제와 무언가를 되돌릴 수는 없다. 다만, 지금 내가 할 수 있는 일도 있을 것이다. 나는 그 중 하나가 할머니를 기억하는 일이라고 생각한다. 사랑만큼 뜨겁지는 않더라도, 미지근하면서도 따스한 기억들이 있다. 기차를 보다 문득 뒤를 돌아봤을 때나, 오랜만에 외갓집을 찾아 갔을 때의 할머니가 웃던 모습들. 그 기억에는 누군가가 나를 깊이

지지해주고 있다는 따뜻한 마음이 함께 있다.

그 마음을 할머니에게 돌려주지는 못했더라도, 다른 누군가를 깊이 지지하며 그 마음을 전달해나갈 수 있을 것이라고 생각한다. 할머니의 기억을 간직하며 그 마음을 이어나가면서 내 나름대로의 추모를 하려고 한다.

오늘 아침에도 지하철 역에서 전철이 오는 걸 기다렸다. 육교도 아니고, 바람도 그때보다 훨씬 찼지만 소리만큼은 예전과 비슷했다.

유주 이야기

주연 씀

평생 서울에 살았던 나는 결혼을 하고 나서 남편을 따라 부산으로 이사를 가고 임신도 하게 되었다. 5천만원이나 들여서 한 나의 결혼식과 스튜디오, 드레스, 메이크업 때는 나의 결혼식의 결말이 이렇게 날 줄 몰랐다. 웨딩촬영을 할 때는 내가 결혼의 모든 과정처럼 예쁘게 포장된 인생을 살 줄 알았지, 장 볼 돈이 모자라서 엄마가 이마트에 가서 내 일주일치 살림거리를 결제해줄 줄은 몰랐다.

그리고 무엇보다 내가 서울을 벗어날 줄 몰랐다. 어렸을 적 나는 뉴욕, 런던, 시드니로 이민 가서 사는 삶은 꿈꿨어도 부산으로 내려가게 될 줄은 꿈에도 몰랐다. 대한민국 제 2의 도시에 대한 모독 같지만, 부산에는 정말 나와 연관된 게 아무것도 없었다. 해외유학을 너무 오래갔다왔던 남편과 결혼한게 잘못이었을까, 남편이 처음 부산 발령을 받았을 때 나는 죽어도 따라가지 못하겠다고 했다. 신혼생활을 한지 2년도 안됐을 때였다. 서울에서 내가 어떻게 잡은 직장인데, 나는 절대 포기할 수 없었다. 남편은 너무 오래 혼자 살아왔어서 죽어도 더 이상 혼자는 못살겠다고 했다. 남편의 눈물에 약해진 나는 그렇게 내가 힘들게 일하던 회사도 그만두고 부산에서 30%나 적은 연봉의 그나마 괜찮아 보이는 직장을 급하게 구해 따라 내려가게 되었다. 부산에 나는 친구도 친척도 한 명 없었다.

부산생활이 조용히, 평탄하게만 지나갔으면 정말 좋았을 것이다. 돈계산은 미리 해보지도 않고 내년이면 서른다섯이 넘는 나는 반은 계획적으로, 반은 계획에 없는 임신을 하게 되었다. 서른다섯 전에 임신했다고 집안 어른들은 그렇게 기뻐했다. 나는 적어도 내가 시험관 없이 바로 자연임신된 게 기쁘긴 기뻤다. 내 주변 친구들이 시험관을 몇 년동안

고생하면서 하는 걸 보니, 시험관을 할 바엔 차라리 아기를 안 가지고 말겠다고 생각했었던 것이다. 20주쯤에 아기의 입체초음파 사진을 받아들고 나는 무작정 기뻐했었다. 병원에서 한 시간씩 기다린 끝에 아기 심장소리를 듣고 초음파로 아기 얼굴이라도 보게 되면 행복해했다.

임신 22주 3일이 되던 날, 나는 오랜만에 남편과 주말시간을 보내면서 글램핑을 갔다왔다. 월화수목금 매일 내가 출산휴가를 가면 내 대체자를 어떻게 찾느냐를 가지고 시달렸었다. 입사한지 1년도 안되어 임신한 직원에 대해서 사람들이 좋게 볼리가 없었다. 팀장님은 "본인이 임신했을 때는 적어도 미리 임신할 계획이 있다는 언지는 하고 몇 년 뒤에 임신을 했다"는 얘기를 나에게 돌려서 얘기했다. 같은 해에 이직해서 들어온 친구도 앞으로 내 업무가 본인에게 넘어오게 되어 스트레스 받는다는 얘기를 커피 마실 때마다 했다. 임신은 축하한다면서, 자기도 올해 결혼할 계획이라면서 스트레스 받는 건 어쩔 수 없었을 거야. 나는 그런 한 주를 보내고 간만에 남편과 글램핑을 하고 불멍을 하고 마쉬멜로우를 구워먹으며 밤을 보내고 우리의 18평짜리 아파트로 돌아왔다.

아침잠을 좀 더 자고 일어난 나는 속옷이 축축하게 젖어있는 걸 발견했다. 내가 자다가 이불에 실수를 한 건 아닐테고, 기분나쁜 무색무취의 액체가 묻어있는 걸 보고 나는 곧장 불길한 예감이 들었다. 그렇게 남편과 나는 사색이 되어 다니고 있던 산부인과에 갔고 그곳에서 대학병원에 가보는 게 좋을 것 같다는 이야기를 들었다.

나는 우리집에서 30분 거리에 있는 부산에서 제법 큰 병원 응급실로 갔고 그 때부터 나의 감금생활이 시작되었다. 나는 양수가 터진 상태였는데, 아기주수가 너무 어려서 위험한 상황이고, 항생제를 쓰면서 입원해야한다고 했다. 내가 한번 터진 양수를 막을 수는 없냐고 물어봤다. 그건 현대의학으로도 불가능하다고 했다. 한번 터지면 다시 원래대로 돌아갈 수는 없다고 했다. 내가 이 결혼과, 서울에서 부산으로의 이사와, 임신을 되돌릴 수 없는 것처럼 양수가 터진 것도 되돌릴 수 없는 일이었다. 당장 회사에 얘기부터 해야겠다는 생각이 들었다. 회사에서는 내 상황에 대해서 이번주 초까지 진단서를 제출해달라고 했다. 진단서가 있어야 대체자를 구할 수 있다는 것이었다.

나는 "고위험모체태아집중센터"에 입원하게 되었는데 2023년에도 코로나는 우리를 갈라놓고 있었다. 코로나 때문에 면회는 7시에서 9시 사이에만 가능했고 면회도 보호자로 등록한 1명이랑만 가능했다. 꽤 넓은 병실에는 8개의 침대가 일렬로 놓여있었다. 8개의 똑같이 생긴 침대는 커튼으로 구역이 나눠어져 있었다. 옆에서 속삭이는 소리도 들을 수 있었다. 침대 발치에는 간호사 스테이션이 있었는데 늘 타자소리와 간호사들의 분주한 발걸음 소리와 서로 떠드는 소리까지 다들을 수 있었다. 그리고 커튼 너머로도 들리는 모니터소리, 다른 엄마들에 배에 설치한 모니터를 통해서 들려오는 수많은 아기들의 심장소리가 오전 6시, 11시, 오후 4시, 9시에 빠지지 않고 들려왔다. 병실 밖으로 나갈 때는 간호사에게 말하고 나가야 했다. 나가 봤자 병원 내에 있는 실외 정원이라는 50평도 안되는 공간이었지만. 나는 그렇게 "고위험모체태아집중센터"에서의 생활을 기약없는 퇴원을 바라보며 시작했다.

나는 "고위험모체" 였고 나의 "태아"도 위험한 상황으로 나는 그렇게 산모와 아기를 위한 "중환자실" 같은 공간에 있는 거라고 나보다 10살은 어려보이는 주치의가 설명해줬다. 저 주치의는 과연 결혼은 했을까, 결혼이 뭔지는 알까, 임신은 해보고 임산부들을 보는 건가 싶었다. 고약한 생각이라는 건 알았는데 요즘따라 내 마음은 고약한 생각으로 가득차고 있었다.

소식을 듣고 엄마와 아빠는 크게 상심하고 걱정했다. 부산까지 내려온다는 걸 어차피 면회가 안된다고 얘기하고 막았다. 어머님 아버님도 정말 많이 놀라시고 걱정이 되는지 하루에도 여러차례 전화를 하셨다. 밥은 잘 챙겨 먹고 있는지, 잠은 잘 자는지, 의사가 뭐래는지 시시콜콜 캐물었다. 어제는 의사가 이랬다, 오늘은 의사가 이랬다 하면 의사랑 통화를 할 수 있냐고 나에게 물어봤다.

“걱정이야 걱정, 그러게 왜 안그래도 힘든데 캠핑을 갔니 캠핑을, 참 네 남편도 주책이야, 왜 거기를 데리고 가니 정말.”

“애기는 저번에 딸이라그러더만, 진짜 딸 맞다고 한다니? 우리가 아들만 둘이고 딸이 없었잖니. 딸이면 소원이 참 없겠다”

“내가 인터넷에 찾아보니까 최대한 누워만 있는게 산모한테 좋다더라. 너네 의사선생님도 그러지 않던? 아무튼 몸 조심해라”

입원해서 처음 몇일은 그럭저럭 괜찮았는데, 몇일 뒤에 피가 나기 시작했다. 많이는 아니었는데 새빨간 피가 손바닥 반개 크기 정도로 그렇게 나오기 시작했고, 배도 약간 싸한 느낌도 생기기 시작했다. 피가 나고 배가 아프다고 하자 나는 배에 모니터를 3시간씩 달고 있게 되었다. 꼼짝 못하고 누워서 3시간을 있자니 괴로웠다. 초음파도 거의 한시간을 의사들이 돌아가면서 봤고, 주사약을 조금씩 늘린다고 했다. 그 약을 맞으니 커피를 3잔을 들이킨듯 심장이 빠르게 뛰고, 손이 덜덜덜 떨렸는데 이내 내 마음까지 불안해졌다.

아기가 양수가 없어서 잘 자라지 못하면 어떡하지, 아기가 너무 빨리 태어나서 살지 못하면 어떡하지, 회사에는 내 대체자를 아직도 못구했다는데 어떡하지, 언제까지 이 병원에 누워있어야 하는지, 남편은 왜 하필 요새 일이 바쁜 시기일까, 내가 이렇게 고생한다는 걸 알까 싶었다.

피가 나고 배가 아픈 건 나아졌는데 이상하게 그 약을 쓰고 나서부터 내 불안감은 계속 되었다. 부정적인 생각이 머리에서 빙빙 맴도는 걸 멈출 수가 없었다.

그렇게 병원에서의 생활을 20일이 넘게 지났다. 내 옆자리에는 이런 저런 산모들이 입원했다가 퇴원을 반복했고, 25주 4일이 되던날 내 옆자리에 유주가 입원했다.

유주는 35살, 나랑 동갑이었다. 유주는 시험관을 2년하다가 2-3번 유산도 하고 이번이 처음으로 20주를 넘긴 임신이라고 했다. 유주는 쌍둥이를 임신했는데 아기들이 내 아기보다 1주가 어렸다. 유주는 지난 임신에서 계속 자궁경부가 아기를 잘 받쳐주지 못해서 아기가 너무 일찍 나와 생존하지못하는 "자궁경부무력증"을 앓았다고 했다. 이번에는 미리 예방을 위해서 자궁경부를 미리 묶는 수술을 하러 왔다고 했다.

임신을 하고 나서 식욕을 주체하지 못해 잔뜩 살이 찐 나와 달리 유주는 임신해서 볼록 나온 배 외에는 지방이라고는 찾아볼 수 없을 정도로 날씬했다. 보기 싫게 마른게 아니라 키도 크고 우아하게 늘씬했다. 힘 없이 웃는 유주는 모딜리아니가 그린 잔느의 초상화 같았다. 항상 얼굴을 한쪽으로 15도 정도 기울이고 길쭉하고 희미한 웃음을 짓던 유주. 유주의 아몬드 모양의 눈은 모든 걸 이해한다는 것 같았다.

우리는 재빠르게 친구가 됐다. 지금까지 병원에서 너무 내 생각에만 사로잡혀 누구랑도 대화할 생각을 못했었는데, 유주는 오자마자 내게 쌀로 만든 글루텐 프리 마들렌을 권했다. 버터랑 치즈가 잔뜩 들어간 마들렌은 눈물이 나게 맛있었다. 다른 산모들은 가족들이 병실에서 먹으라고 간식을 잔뜩 사왔었는데, 나는 가족들이 다 서울에 있기도 하고 남편은 최근 너무 바빠서 간식까지 신경써서 사다줄

여유는 되지 않았던 것이다. 매일 1800kcal로 책정된 산모식을 먹다가 바깥세상의 맛을 보는 게 오랜만이었다.

유주는 원래는 컴퓨터공학과를 나와서 IT기업에서 일했다고 했다. 개발자 붐이 일 때, 코딩을 잘해서 팀장까지 달았다고 했다. 결혼도 28살에 일찍해서 아기도 쉽게 가질 수 있을 줄 알았다고 했다. 그런데 1년, 2년이 지나고도 아기가 찾아오지 않자 시험관을 하게 되었고, 시험관 일정을 일과 같이 병행하기 힘들어 휴직했다고 했다. 시험관도 1차, 2차, 3차까지 가도 성공하지 못하자 자궁에 문제가 있나 수술까지 했고, 그정도까지 가니 더 이상 눈치가 보여 휴직을 했던 회사를 그만두게 되었다고 했다. 그만두니 차라리 홀가분했다고 했다. 남편이 “내가 우리 두 명 몫을 다 벌어 올테니까 마음 편하게 너는 쉬어. 내가 그정도 충분히 할 수 있어”라고 말해줬을 때 유주는 눈물이 났다고 했다. 그러고 나서 남편은 승진 때문에 야근을 밥먹듯이 하기 시작했다고 했다.

아기집이 안보여서, 자궁경부무력증 때문에 유산을 했었고, 그래서 이번 임신은 더욱 조심스럽다고 했다. 외나무다리를 건너는데 발을 하나하나 디딜 때마다 마음이 조마조마한 것 같다고 했다. 유주는 그런데도 불구하고 항상 그 특유의 힘없는 웃음을 잃지 않았다.

나는 간호사들이 수액라인을 바꿔잡을 때마다 나도 모르게 아프다고 살살 놔달라고 엄살을 부리곤 했는데 유주는 엄살도 부릴 줄 몰랐다. 유주는 특유의 그 힘 없음 속에서도 씩씩했다. 병실에는 종종 울음소리가 들리곤 했는데, 나도 그중에 한 명이었다. 아기가 잘못되면 어쩌나, 이 병실에 언제까지 갇혀있어야 하나 고민이 쌓이고 쌓여 산모들은 커튼 뒤에서 숨죽여 울곤 했다. 숨죽여 운다고 하지만, 커튼 속의 소리는 모두가 들을 수 있었고, 그 소리를 듣게 되면 괜히 나도 눈물이 나올 때가 있었다. 유주는 우는 법이 없었다. 유주는 기분이 상해있거나 무드가 다운되어 있는 법이 없었으며 마치 고요한 호수 같았다. 조용하지만 밝은, 그것이 유주를 설명하는 수식어였다.

"고위험모체태아집중치료실"에서 50미터 정도 걸으면 있는 실외정원은 우리의 비밀 장소가 되었다. 우리는 아침모니터를 떼고 아침을 먹고 늘 실외정원으로 산책을 나갔는데,

수액걸이를 끌고 다니면서도 우리는 그렇게 즐거울 수가 없었다. 간호사들한테는 30분만 산책하고 오겠다고 하고 1시간, 2시간씩 앉아서 떠들고 올 때도 있었다. 우리는 유주가

잔뜩 가지고 있는 쌀로 만든 베이커리를 까먹고, 유주가 가져온 디카페인 커피를 마시면서 마치 우리가 인스타 감성 브런치 카페에 놀러 온 것처럼 상상하곤 했다.

우리는 우리 직장에 있었던 짜증나는 부류의 인간에 대해서 토론했다. 대놓고 눈치주는 사람보다 착한 척 하면서 은근히 뒷얘기를 하는 부류가 최악이라는 데에 대해 우리는 만장일치의 합의를 봤다. 출산휴가, 육아휴직에 관해서는 남자동료보다 가끔 여자동료들한테 더 실망한다는 얘기도 했다. 여자동료가 더 잘 이해해줄거라 믿었으나 그들도 자기에게 일이 넘어올 것 같으면 깜짝 놀랄 정도로 예민해지는 건 유주도 똑같이 겪었나 보다. 차라리 그만두고 나니까 속 편하다는 얘기를 유주는 자주했다. 벌써 코딩하는 방법을 다 까먹었지만 아기가 좀 더 크면 다시 취직할 자신이 있다고, 자기가 괜히 컴퓨터공학과 수석이었겠냐고 했다. 나는 그런 유주가 좋았다. 왜냐면 나는 자신이 없었기 때문이다. 이미 서울에서 부산으로 내려올 때 나는 커리어는 반쯤 포기한 상태였다. 서울에서 있던 회사와 부산에서의 회사는 비교할 수도 없었다. 그만큼 차이가 컸다.

우리가 같이 있을 때, 우리는 다시 여고생이 된 것 같았다. 우리는 각자의 꿈을 끊임없이 늘어놓았다. 유주는 작은 꿈이 있었는데 와인냉장고를 사서 자기가 좋아하는 와인을 모아서, 육퇴를 할 때마다 남편이랑 한잔씩 마시는 거라고 했다. 나는 아기가 5살 정도 되면 꼭 남편이랑 돈을 모아서 이탈리아 남부로 여행을 가고 싶다고 했다. 예쁜 에어비앤비 집을 구해서 매일 수영하고, 매일 파스타를 먹으면서 일주일을 꽉 채워서 놀거라고. 물론 그러려면 지금부터 열심히 저축해야겠지만.

우리는 지겨운 병실에서 넷플릭스 같은 화를 보고 드라마에 대해서 이러쿵저러쿵 토론하기를 좋아했다. 최근에는 디즈니 무빙이 인기가 많아서 우리 둘이 디즈니플러스를 같이 구독하게 되었다. 병실규칙 중에는 굉장히 성가신 게 있었는데 샤워를 남편이 면회왔을 때 남편이 도와줄 때만 할 수 있는 것이었다. 남편이 그렇게 보고 싶을 수 가 없다는 유주의 말에 나는 웃음이 터져 버렸다.

우리 병실은 매주 저녁 7시부터 9시까지 면회가 허용되었는데 남편은 적어도 일주일에 3-4번은 꼭 면회를 왔다. 일이 힘든 날도 잊지 않고 내게 왔는데, 되려 집에서 같이 생활할 때보다 얼굴을 더 오래 마주하는 것 같았다. 8명의 산모들을 보기 위해 면회오는 남편의 행렬은 참으로 이상한 풍경이었다. 교도소 면회나 군대 면회는 드라마에서 많이 보아온 장면이었는데 생리대와 속옷 가지, 간식이랑 생필품을 어색하게 싸들고 오는 남편들의 행렬을 보고 가끔 나와 유주는 웃었다.

나는 남편을 정말 사랑했다. 그러니까 부산까지 온 것이지. 그의 수줍음, 부드러움, 망설임을 사랑했고 나와 결혼하자 하던 그의 결단도 무척 사랑했다. 하루는 그가 면회를 들어오려 하는데 간호사가 그를 제지했다. 일주일마다 코로나 검사를 다시 받고 출입증을 갱신해야 하는데 그가 이번주 코로나 검사 받는 것을 잊은 것이었다.

"지금 하루 지난 거 가지고 저를 못들어오게 하시는거에요? 이런 규칙은 병원 어디에서 정한거에요? 규칙 적혀있는 지침을 보여주시던지요. 제가 지금 회사에서 아침 6시부터 일하고 겨우 시간 내서 지금에야 온 건데 그냥 오늘만 들어오게 해주시면 안돼요?"

"보호자분 죄송해요, 저희 감염관리 규정때문에 저희도 그렇게 해드리고 싶었는데 어쩔 수가 없어요.."

"여기 책임자 분 혹시 어디계시나요? 책임자랑 얘기 안하고는 저는 납득 못하겠어요. 그리고 간호사님 이름 뭐에요? "

남편의 목소리가 병실 안에까지 들어와 울렸다. 남편의 진심이 정말 고마웠지만 동시에 수화기를 넘어 나에게 컴플레인을 하던 고객사 직원의 목소리가 떠올랐다. 규정대로 했을뿐인데 한 시간동안 컴플레인을 받았던 나는 그날 저녁 남편에게 한참을 하소연을 했었다. 다른 장소, 다른 시간, 다른 상황이었지만 우리는 결국 같은 얼굴을 하고 같은 목소리로 언성을 높이게 되는구나. 나도 남편이 무척 보고 싶었지만 동시에 부끄럽기도 했다. 남편에게는 카톡으로 다음에 봐도 되니까 오늘은 실컷 영상통화를 하자고 했다.

유주의 남편은 늘씬한 유주와는 달리 살집이 있고 덩치가 있는 푸근한 인상의 아저씨였다. 유주랑 1살밖에 차이가 안난다고 했는데 유주는 마치 20대 중반으로 보이고 유주의 남편은 30대 후반 같았다. 항상 유주가 살이 찌지 않는게 걱정이라고 다양한 종류의 간식을 잔뜩 사가지고 왔다. 생활용품도 참 야무지게 싸왔는데 그래서 그런지 유주의 자리는 늘 여러가지 물건들로 가득차있었다.

그렇게 늦은 여름에서 가을이 됐고 유주는 달고 있던 약을 점점 줄여나갔다. 교수님은 유주에게 점점 희망적인 이야기를 하기 시작했다.

"아주 좋아요, 이렇게 하다가 집에 가는 거에요. 집에 갈 수 있음 좋고, 여기 있으면 여기서 잘지내면 되는 거고."

그렇게 내가 28주가 되던 날이 왔고, 유주는 27주가 되었다. 교수님은 유주에게 이제 집에 가도 좋을 것 같다는 얘기를 했고 유주는 집에 갈 수 있단 말에 신이 나서 그 많던 짐을 싸기 시작했다. 유주 남편이 와서 짐을 세차례나 차로 옮겼다. 나는 유주에게 집에 가게 되어 정말 다행이라고 나도 퇴원하게 되면 밖에서 만나자고 했다. 유주가 떠나게 되면 나는 무슨 낙으로 지내나 걱정이 되기도 했다. 어쨌든 집에서 가족 곁에서 지낼 수 있다는 건 좋은 일이니까. 내가 부산에서 처음으로 만든 친구 유주는 앞으로도 계속 볼테니 그녀부터라도 먼저 병원 밖으로 나가는 게 여러모로 좋은 일이었다.

그렇게 병원에서의 생활을 이어나갔다. 나에게는 좋지도 나쁘지도 않은 날들의 반복이었다. 계절은 여름에서 가을로 서서히 바뀌어갔고 가을은 시작하자마자 소멸할 것처럼 온도는 빠르게 떨어져갔다. 유주와 유주 남편은 그날 마트에 갔다오고 있었다. 유주 남편은 유주가 어떠한 물건도 들지 못하게 유난을 떨었는데 퇴원하는 마지막 순간까지 유주가 집에서 누워만 있어야 하는거 아니냐고 주치의에게 물었다. 주치의는 누워만 있으면 오히려 근육도 다 빠지고 혈전이 생길 위험이 있으니 무리하지 않는 선에서 가벼운 일상생활은 예전처럼 하면 된다고 했다. 유주와 유주남편은 그럼에도 모든 것에서 무척 조심스러웠는데 그날은 그냥 남편을 따라 잠깐 10분거리 마트에서 간단하게 두부 3모와 인스턴트 떡볶이를 사오고 있었다. 직진을 하던 유주의 차는 우회전을 해서 도로로 들어오려던 차와 부딪혔다. 차는 하필 유주가 타고 있던 조수석쪽으로 부딪힌 것이었다. 유주와 유주남편은 다행히 안전벨트를 하고 있었다. 조수석 차 문은 찌그러졌으나 유주와 유주남편은 모두 겉으로 크게 다치거나 피나는 곳은 없었다. 유주는 바로 우리 병원으로 옮겨졌고 우리는 다시 그렇게 만나게 되었다.

유주는 우리가 원래 쓰던 8인실이 아니라 처치실로 들어가게 되었는데 정말 많은 간호사와 의사들이 유주의 병실을 들어갔다 나왔다 하는 소리가 들렸다. 유주는 배가 무척 아프다고 했고 의사들은 30분을 넘게 초음파를 봤다고 했다. 그렇게 2-3시간의 들락날락 끝에 그들은 유주의 남편을 불러 당장 응급수술을 들어가야한다고 설명했다. 교통사고로 인해 태반이 충격을 받았을 가능성이 높고 아기도 힘들어하는 모습이 보여 수술을 하는 것이 불가피해

보인다고 했다. 그들은 유주의 침대를 끌고 뛰어갔다.

유주의 차를 친 차는 택시였는데 나중에 보험회사에서 택시에게 60퍼센트의 과실을 배당했다. 유주의 남편은 40퍼센트의 과실에 대한 배상을 해야했는데, 1퍼센트라도 자신의 과실이 있다는 것에 숨이 턱 막힐 것 같은 죄책감이 들었다. 자려고 눈을 감으면 그날따라 급했던 마음과 확인하지 못했던 우측 사이드미러가 떠오르는 것이었다. 고위험산모태아집중치료실에 갇혀있는 게 너무 힘들다고 내가 신세한탄을 할 때 유주는 나에게 이렇게 말했다.

"항상 운이 좋을 수만은 없잖아. 누구에게도 불행은 가끔 찾아오니까. 우리는 그냥 살면서 찾아올 작은 불행들 중 하나를 지금 마주친거야."

무방비 상태에서, 예상치 못한 곳에서 불행이 들이닥쳤고 얼굴을 쳐다보려 고개를 돌렸으나 불행은 이미 가고 없었다.

그 뒤로 유주는 다른 병실로 가게 되었고 나는 유주의 아기들이 무척 어리게 태어나 나왔을 때 잘 울지 못했다는 이야기만 들었다. 유주가 가고 나니 허전했다. 연락을 해볼까 했지만 유주와 아기들이 어떤 상태인지 알 수 없어 망설여졌다.

그렇게 난 한달을 더 그 곳에 있었다. 정말 가지고 싶었던 아기였지만 내가 아기를 정말 사랑해줄 수 있을까 걱정이 되어 무서웠다. 나는 아직 진짜 어른도 아닌 것 같았다. 엄마아빠가 보고싶었다. 나도 응석을 부리고 싶었고 내가 이 모든 걸 감당한다는 게 너무 힘들었다.

혼자 하루종일 침대에 누워있으니까 생각이 꼬리에 꼬리를 물었다. 내 아기를 너무 사랑한 나머지 과보호로 아기를 너무 망쳐버리면 어떡하지, 우리 아기가 학교에 가서 왕따를 당하면 어떡하지, 아기가 "금쪽같은 내새끼"에 나오는 금쪽이가 되면 어떡하지, 생각이 꼬리에 꼬리를 물었다. 양수가 적다고 했는데 좁은 곳에서 자라다가 아기가 장애가 생기면 어떡하지 하는 걱정은 늘 나를 힘들게 했다.

목표로 하던 34주가 가까워진던 날 병원 복도에는 커다란 기계음이 흘러나왔다. "코드블루 코드블루 신생아중환자실, 코드블루 코드블루 신생아중환자실, 소아과" 이상하리만치 차분하고 부자연스러운 기계음으로, 타자를 쳐넣어 입력하면 출력되는 목소리 같았다. 오징어게임에 나오던 게임진행자 목소리와도 닮아 등줄기에 미세한 소름이 돋았다.

코드블루라면 누구의 아가가 이렇게 위중한걸까 걱정이 됐다. 간호사들이 속닥거리는 소리가 들려왔다.

"최유주 둘째아긴가봐.. 나올때도 안좋았다는데, 환자

캐릭터 참 좋았는데 너무 안됐다.."

유주의 마음이 어떨지 상상도 할 수 없었다. 나는 감히 그럴 수가 없었다. 유주를 볼 수도 없었지만 유주가 옆에 있었더라도 나는 아무 말도 해주지 못했을 것이다.

그날 코드블루는 두 번인가 더 울리더니 더 이상 아무 소리도 들리지 않았다. 난 부디 유주의 아기가 심폐소생술을 받고 살아났기를 빌었다.

나는 그렇게 병원에서 104일이라는 시간을 보냈다. 그리고 34주를 넘겨 나의 아가를 만나게 되었다. 생리통이 거의 없던 나는 진통이라는 게 아프다는 것은 들었지만 내가 이성을 잃고 동물처럼 소리를 지를 줄을 몰랐고, 작았던 나의 아가가 산도를 통과하는 일이 그리 어려울 줄도 몰랐다. 나는 아기를 아주 잠깐 봤다. 피와 태지에 쌓여 잔뜩 찡그리고

있는 나의 못생긴 핏덩이의 작은 울음소리는 정말 사랑스러웠다. 이렇게 작은 아기가 이렇게 크게 울다니 장했다. 아가는 곧장 신생아 중환자실로 갔다.

나는 그렇게 온통 신생아중환자실 면회시간만 기다리게 되었다. 하루 세번 면회가 되었는데 아기가 태어나고 둘째날이 되던 날 나는 그 곳에서 한달 만에 유주를 다시 마주쳤다.

유주는 "최유주 첫째아기"라고 써져 있는 인큐베이터 앞에 유주는 앉아있었다. 유주는 마치 아기를 경외하는 것 같았다. 아기는 인공호흡기를 통해서 숨을 쉬고 있었다. 원래 아기는 뱃속에 있을 때 엄마로부터 탯줄을 통해 산소와 영양분을 공급받는다고 했다. 엄마와 아기는 그렇게 탯줄과 태반을 통해 하나로 이어져 있는 것이다. 유주와 유주의 작은 아기 사이에는 보이지는 않지만 아직도 탯줄을 통해 서로 연결되어 있는 것 같았다. 아기만 엄마로부터 영양분을 받는다는 건 거짓말이야. 유주는 아기로부터 삶을 유지할 수 있는 모든 것을 받고 있는 것 같았다. 아기는 엄마가 없으면 살 수 없겠지만 엄마도 아기가 없으면 살지 못할 거야.

그렇게 나와 유주는 아기를 보며 웃고 있었다. 그렇게 입원해서 고생을 해놓고 우리는 아기 앞에서 속수무책으로 웃고 있었다. 우리는 또 그렇게 매일매일 신생아중환자실 면회를 오는 면회친구가 되었다. 유주의 첫째아기는 살아주었고 나의 소중한 시온이도 퇴원이라는 것을 하게 되었다.

우리 엄마가 나에게 해주었던 말이 생각났다.

"엄마는 그래도 제일 잘한 일이 너랑 네 동생 낳은 거 같아. 너네 낳고 키우는 게 인생에서 제일 보람찬 일이었어. 다시 돌아가도 똑같이 할거야.” 어렸던 나는 이말이 도대체 무슨 뜻인지를 이해하지 못하고 그저 엄마가 나를 사랑한다는 것으로만 이해했었는데 시온이가 태어나고서 나에게는 새로운 세상이 열렸다. 그건 아마 아이를 가져 본 사람만 이해할 수 있는 감정일 것이다.

유주와 나는 그렇게 평범한 아줌마가 되어갔고 나는 부산에서 나의 첫 친구를 얻었다. 유주는 아기가 너무 일찍 태어난 탓에 아기가 2살이 될 때까지는 소아과를 자기 집 들락날락하듯이 입원과 퇴원을 반복했다. 유주의 아기가 3살이 되고 병원에 더 이상 가지 않아도 될 정도로 튼튼해지자 유주는 그렇게 기뻐했다. 유주는 나에게 얘기했던대로 와인냉장고도 장만했고 남편과 돈을 모아 틈만 날때마다 와인을 모으기 시작했다. 그리고 아기가 5살이 되던 해 유주는 다시 임신을 했다. 다른 사람은 아무도 이해하지 못해지만 유주는 둘째를 너무 갖고 싶다고 했다. 나는 유주의 두번째 임신은 순탄하기를 기도했다.

세상이 왜 날 원하겠어 미친 게 아니라면

바위 씀

※ 이 글은 가수 달빛요정역전만루홈런의 노래 <절룩거리네>에서 모티브를 얻은 소설로 실제 사건, 인물, 배경 등과 관련 없음을 알려 드립니다.

시간이 흘러도 아물지 않는 상처
보석처럼 빛나던 아름다웠던 그대
이제 난 그때보다 더
무능하고 비열한 사람이 되었다네

비가 온다. 어릴 때부터 비만 오면 무릎이 시리다는

할머니의 이야기를 듣고 자랐다. 비랑 무릎이랑 대체 무슨 상관일까? 도무지 이해가 되지 않았다. 사실 지금도 이해는 되지 않는다. 하지만 이해되지 않는 일이라고 해서 내게 일어나지 않는 것은 아니었다. 무릎 대신 발목인 것은 좀 다르지만.

오른쪽 발목에 자리잡힌 수술자국을 괜히 한번 더 들여다본다. 수술은 잘됐다고 그랬다. 수술한 병원 말고 다른 병원을 여럿 돌아다녀봐도 똑같은 이야기를 들었으니, 대한민국 의사들이 죄다 돌팔이가 아닌 이상 수술은 잘된 것이 맞을 것이다.

그러나 수술이 잘됐다고 해서 다치기 이전으로 돌아가는 것은 아니었다. 크고 딱딱하게 엉겨붙은 수술자국은 단순히 눈에만 띄는 게 아니라 통증과 불편감까지 계속 안겨주었다. 비 오는 날에는 더더욱 심하게 말이다. 시간이 흐른다고 해도 아물지 않는 상처가 있다는 걸, 발목을 다치기 전에는 몰랐다.

3년 전 이맘때였다.

배달일을 하다가 너를 만났다. 엘리베이터가 고장나 계단을 뛰어 올라 땀을 뻘뻘 흘리며 세상이 온 힘을 다해 나를 찌그러트리기라도 한 것 같은 얼굴로 치킨을 건넸을 때

받아든 사람이 바로 너였다. 너는 우리가 헤어졌을 때의 모습 그대로, 아니 그보다 더 보석처럼 빛나고 아름다운 얼굴로 나를 맞이했다. 우리 둘 다, 서로를 그런 식으로 다시 만나게 될 줄은 꿈에도 몰랐을 것이다. 예상치 못한 그 짧은 재회가 이토록 오랜 시간 내게 아릿하게 남을 것이라는 것 또한.

그날도 비가 왔다.

너에게 배달을 하고 사장놈의 재촉을 이기지 못해 가게로 돌아가던 나는 빗물인지 눈물인지 모를 물을 눈가에서 닦아내다가 빗길에 미끄러졌고, 어설프게 친 낙법은 내 발목을 찌그러트리고야 말았다. 3차례에 걸친 큰 수술을 받아야 했고, 1년 가까이 병원에 누워 있어야만 했다. 하지만 앞서 말했듯 수술도, 누워 있는 것도, 시간이 흐르는 것도 내 상처를 아물게 해주진 못했다.

이제 배달도 더는 못 하게 된 나는

그걸 종종 네 탓을 하게 되는 나는

땀범벅으로 너에게 치킨을 건네던 그때보다 더

무능하고 비열한 사람이 되었다.

절룩거리네
하나도 안 힘들어
그저 가슴 아플 뿐인 걸
아주 가끔씩 절룩거리네

눈비가 온다.

길이 미끄러워지는 날씨다. 넘어져 엉덩방아를 찧는 사람이 주변에 한두 명씩은 보이는 날씨.

다른 사람들은 넘어져도 엉덩방아를 찧고 살짝의 고통과 상당한 수준의 쪽팔림까지만 감수하면 되겠지만, 나의 경우 한번 다쳤던 발목이 또 어떤 식으로 찌그러질지 모르는 위험을 감수해야 한다. 더군다나 눈비가 올 때면 비가 올 때보다도 더 발목이 시큰거리고 뻑뻑해진다. 걸음걸이는 자연스럽지 못하고 절룩거리게 된다. 멀쩡한 다리를 가지고도 넘어지는 사람들이 있는 판국에 이런 다리로는 더 넘어질 가능성이 높을 수밖에 없다. 넘어지기 쉬운 발목인데 넘어지면 더 다치기 쉬운 발목인 셈이다. 결국 이런 날에는 넘어지지 않기 위해서 온몸에 힘을 잔뜩 주고 긴장한 채로 땅에 발을 딛어야만 한다. 계단을 내려갈 때면 딸을 시집 보내기 싫은 아버지가 딸의 손을 꼭 붙잡고 놔주지 않는 것처럼 간절하게,

난간에 거의 매달리다시피해서 내려간다.

"힘들겠다."

주저리주저리 늘어놓는 내 이야기를 잠자코 듣던 친구가 툭 내뱉었다.

아냐, 하나도 안 힘들어.

하곤 달싹거리는 입을 다물었다. 정말이다.

이렇게 절룩거리는 건 힘든 게 아니라 아픈 일이다.

발목이 아니라 그저 가슴이 아픈 일이다.

절룩거리는 걸음걸이는 내 무능함을

그 탓을 너로 돌리는 심보는 내 비열함을

드러내는 것만 같아서다.

그런 나를 나조차 도저히 견뎌줄 수가 없을 것 같아서

나는 가슴이 아프다.

깨달은 지 오래야 이게 내 팔자라는 걸

아주 가끔씩 절룩거리네

허구헌 날 사랑타령

나잇값도 못하는 게

골방속에 처박혀

뚱땅땅 빠바빠빠

나도 내가 그 누구보다 더

무능하고 비열한 놈이란 걸 잘 알아

사실 나도 내가 누구보다 더 무능하고 비열한 놈이란 걸,

그러니 이렇게 살아먹는 것도 내 팔자라는 걸 깨달은 지 오래다.

너를 다시 만나기 전부터

발목을 다치기 전부터

이미 나는 절룩거리며 살아먹을 팔자인 게 정해져 있었다.

이런 팔자인 주제에 나는 이 나이 먹도록

나이만 먹지 술까지 같이 처먹어가면서

취해서 너절거리듯 골방에 누워 천장에 대고 너에 대한 넋두리를 하면서

지긋지긋한 사랑노래를 흥얼거리고나 있다.

내가 태어난 해, 내가 태어난 날에 발매된 노래다.

이문세의 옛사랑.

지루한 옛사랑도
구역질나는 세상도
나의 노래도 나의 영혼도
나의 모든 게 다 절룩거리네

그리운 것은 그리운 대로 마음에 두고

그대 생각이 나면 생각난 대로 내버려둔다는

구절까지는 어떻게 잘 불렀는데,

사랑이란 게 지겨울 때가 있지

구절만 오면 항상 삑사리가 나고 가사를 절곤 한다. 별로 높은 음도 아닌데.

괜히 가사 탓을 해본다.

이게 대체 무슨 말이야. 사랑이 지겨울 때가 언젠데? 지겨운 게 사랑일 수가 있어?

사랑이란 게 지겨울 때가 되면 옛사랑이라는 뜻인가?

그렇다면 너는 나에게 아직 옛사랑이 아닌 거고.

내 입에서 무심코 뱉어진 말이 금세 내 몸을 오그라뜨렸다.

이런 말을 내뱉는 나에게 구역질이 났다.

애써 다시 노래를 이어가본다. 여전히 제대로 부르지 못하고 절고 자빠졌다.

문득 거울을 들여다보았다.

흐리멍텅하게 죽은 내 눈을 마주했다.

눈 속에 담긴 나는 다리뿐 아니라 영혼까지 절룩거리는 사람 같았다.

내 발모가지 분지르고 월드컵코리아
내 손모가지 잘라내고 박찬호 20승
세상도 나를 원치 않아
세상이 왜 날 원하겠어
미친 게 아니라면

철푸덕 침대에 다시 자빠져 누웠다. 카톡을 보니 단톡방에서는 친구들이 시답지 않은 이야기를 나누고 있었다. 축구선수 이강인이 발목 염좌 부상을 당했다는 이야기였다. 축구에 관심 없어서 잘 모르지만 대한민국 축구를 10년 넘게 책임졌던 손흥민 다음 세대로써 대한민국 축구를 이끌어갈 대단한 선수라고 한다. 얘는 발목 삐어서 2주 쉬는 정도로도 만나본 적도 없는 사람들이 호들갑 떨며 걱정을 해주는 사람이구나. 문득 차라리 내 왼쪽 발모가지를 마저 분지르는 대신 이강인 발목이 다 나아서 이번주 경기에 뛰는 게 모두가 행복해지는 길이 아닐까 하는 개같은 생각을 잠시 해봤다.

잠자코 카톡방을 지켜보니 이강인 이야기가 끝나나 싶었더니 이정후가 메이저리그에 입단했다는 화제로 넘어갔다. 이정후는 또 누구지. 이종범의 아들? 이종범은 또 누구야. 바람의 아들? 바람은 또 누구... 바람은 그냥 바람이구나. 이렇게 스마트폰에 바람이 누군지나 검색하는 데에 쓰이고 있는 내 손은 별 쓸모 없으니 잘라서 제물로 바쳐 이정후가 메이저리그에서 홈런이랑 안타를 많이 치길 바라는 게 낫지 않을까 하는 개같은 생각도 잠시 해봤다. 그러나 실제론 발목이든 손목이든 아니 나의 모든 걸 다 제물로 바친다 해도 이강인한테든 이정후한테든 세상 그 무엇에든 별다른 효과가 생기지 않을 걸 안다. 별다른 효과가 생긴다고 생각하면 그거야말로 스스로를 과대평가하는 거지. 아무 짝에도 쓸모없는 무능한, 그런 주제에 찌질하게도 나보다 어린 스포츠스타들을 질투하는 비열한 인간이 바로 나다.

"오빠의 글을 세상이 알아줄 날이 올 거야. 오빠는 세상 사람들이 다 원할 만한 글을 쓸 사람이야."

공모전에서 또또또또 떨어졌을 때, 네가 나한테 했던 말이다.

정말 그럴까?

라는 내 시니컬한 말투에 너는 그 특유의 보석처럼 빛나는 미소로 물론이라고 대답했었다.

그러나 네가 나를 원하지 않듯이

세상도 나를 원치 않아. 세상이 미쳐버린 것도 아니고 왜 날 원하겠어.

주절거리면서 얼마 전에 겨우겨우 끄적여 제출한 장편소설 공모전 결과 공고문 파일을 열었다.

대상 수상자가 내 이름과 같은 사람이었다.

아니,

난가?

여름애(愛)

견더 씀

그 아이는 여름을 닮았다.

목이 조금 늘어난 흰 티셔츠, 발목이 조금 드러나는 바지에 흰 양말과 검은 축구화, 사계절 내내 그 아이의 축구화가 닳을 동안 내 마음은 결코 닳아 없어질 줄을 몰랐다. 그 아이를 보고 싶으면 운동장에 갔다. 나는 여름의 뜨거움이 힘들어서 학교 안에서 몰래 보곤 했는데, 넌 어쩜 그리도 뜨거움을 피할 줄 모르는지. 그 아이를 안을때면 땀에 젖은 축축한 티셔츠가 닿고는 했는데, 꽃밭에 뒹굴었는지 솜사탕으로 샤워를 했는지 꼭 여름날 놀이동산의 향기가 났다.

밤에는 텔레비전 불빛이 새어 들어오는 방안에서 그 애의 답장을 기다렸다. 마른 침을 꼴깍 삼켜가면서 혹여나 심장 뛰는 소리가 방 밖으로 새어나갈까, 한 여름에도 이불을 머리끝까지 뒤집어쓰고는 밤새 그 아이와 같이 있었다.

한번은 가족여행을 떠나기 전에 공항에서 비행기를 기다리는데, 그 애가 멀리서 쭈뼛거리며 다가왔다. 뛰어왔는지 벌개진 얼굴에 땀을 삘삘 흘리면서 머쓱하다는 듯 머리를 긁적였다. 여기까지는 어떻게 왔는지, 나를 어떻게 찾았는지 괜시리 툭툭 내뱉는 내게. 그냥. 그냥 오랫동안 못 보니까. 라는 그 애의 한마디는 땡볕에 줄줄 흘러버린 아이스크림 마냥 나를 완전히 녹여버렸다. 애써 고개를 돌려 빨개진 얼굴을 감추려는데, 눈치도 지지리 없는 너는 사진을 찍자고 했고, 절대 안 된다고, 죽어도 안 된다고 말렸는데, 기어이 그 애는 '다행이다. 보고 싶을거야.'라며.

어쩌다가 그 애와 마주 앉아서 수업을 듣게 되었는데, 그리고 흔히 얘기하는 그 연인들의 발장난이라는 걸 했는데, 발과 발이 닿으면 감전이 될 수도 있는 거구나 생각했다. 무언가 나쁜 짓을 하는 것 같기도 했는데 이상하게 입에서는 자꾸 단내가 났다. 볼이 얼얼해질 정도로 사탕을 오래 물고 있어서 입안이 온통 달콤한 침으로 가득 차는 그런 느낌.

소나기를 피해 놀이터 미끄럼틀 위로 올라간 날, 갑작스레 가까워진 거리때문인지, 갑작스레 퍼붓는 여름비의 냉기 때문인지, 그 날 저녁 내도록 얼굴의 열기가 내릴 줄을 몰랐다. 감기는, 결코 감기 때문은 아니었다. 홑이불을 펑펑차니 나풀나풀 날아가는 모양새가 꼭 내 마음이었다.

그 애는 싱그럽기 보다는 뜨거운, 수영장에 첨벙 뛰어들기 보다는 선베드에 누워서 태양을 마시는, 시원한 슬러시 한 잔보다는 침을 삼키면서 목이 타는, 그늘에 누워 부채질을 하기 보다는 얼굴을 따라 땀이 한 방울 주룩 흐르는, 그런 여름을 닮았다.

여름 내도록 까맣게 탄 그 애의 피부는 겨울이 되도록 돌아올 줄 몰랐고, 그 애에 대한 내 마음 역시 겨울이 되도록 옅어질 줄을 몰랐다.

그런데 그게 문제였다. 타버린 피부는 아니고, 겨울이 지나고 봄, 여름이 되어도 당최 옅어질 줄 모르는 내 마음이.

눈이 펑펑 온 다음날 우리는 헤어졌다. 그 애를 사랑하게 된 그 운동장에서. 그 애는 쌓인 눈을 뽀드득 뽀드득 밟으면서 이별을 얘기했다.

어쩌면 여름을 닮은 그 아이와 겨울에 헤어진 건 다행일지도 모른다. 만약 여름이었다면, 그랬다면, 여름을 정말 미워하게 됐을지도 모르니.

마음을 열어봐

태윤 씀

내가 한 연예인의 매니저였을 때 일어난 일들을 이야기 해보려고 한다.

연예인의 이름은 밝힐 수 없어 '규리'라는 가명을 붙이도록 하겠다. 현재 규리라는 이름으로 활동하는 여러 연예인들과는 다른 사람임을 알린다.

당시 나는 졸업학년을 앞두고 있었다. 하지만 제때 출석해 강의실에 앉아있는 것 말고는 마땅히 하는 일이 없었다. 미래를 준비해야하지 않겠냐는 압박은 날로 강해졌는데, 그에 대한 나의 해답은 영영 졸업을 미루는 것이었다. 그렇게 쌀쌀한 1월의 막바지에 나는 집에서 쫓겨났다. 물론 나는 내가 아주 쫓겨났다고 생각하지 않아, 마음 편히 학교 산책을 하러 갔다. 항상 도는 코스를 따라 학교의 가장 높은 언덕을 올랐고, 그곳에서 규리를 만났다.

시간은 세시쯤이었다. 언제 촬영을 시작했는지, 이런 저런 장비와 함께 앉은 사람들은 이미 지쳐보였다. 구경꾼도 없었다. 텐트 옆 공터에는 두 남녀가 패딩도 없이 엉거주춤 서있었다. 텐트 안에서 회색과 검은색의 덩치들이 어수선하게 움직였다. 그 사이로 긴 빛줄기 하나가 지나갔다. 그리고 흰 패딩을 입은 물체가 사람들을 가르고 나타났다. 이 사람이 규리였다. 나는 아직도 그 순간을 잊을 수 없다.

흰 패딩을 벗으니 흰 코트가 나왔다. 흰 코트 사이로는 베이지 색 원피스가 나왔다. 무릎까지 오는 검은 부츠가 다리의 대부분을 가려 스타킹을 신었는지 안 신었는지 알 수 없었다. 머리는 검고 길고 곧았다. 머리칼 사이로 형이상학적인 모양의 금색 귀걸이가 달랑거렸다.

규리를 포함한 세 명의 배우는 위치를 옮겨가며 입을 끊임없이 움직였지만, 목소리가 잘 들리지 않아 어떤 장면을 연기하는지 짐작할 수 없었다. 규리의 얼굴은 계속 보였다. 규리의 키가 가장 컸다. 내가 앉은 벤치에는 구경꾼이 한 명

늘어나 그 사람에게 규리의 이름을 물어보았다. 한 시간이 지나도 배우들의 동작에 변화가 생기지 않자 옆자리의 구경꾼은 자리에서 일어났다. 밥을 먹자고 하기에 따라갔다.

이 구경꾼은 규리 이야기를 많이 해주었다. 규리는 아역배우였는데 활발히 활동하는 배우는 아니었다. 그럼에도 규리가 출연했다는 영화와 드라마의 제목이 모두 한 번 쯤 들어본 것들이었다. 규리의 얼굴은 기억에 없었다. 아역으로서의 나이가 끝나갈 때쯤 지금 규리의 유명세를 만들어준 사건이 일어났다. 독특하기로 유명한 외국 감독의 영화에 출연해 주요 영화제에 초청되고 조연상 후보에도 들게 된 것이다. 영화의 제목은 〈거실의 엠마〉였다.

그 영화 이 후 해외에서 커리어를 이어가려고 했지만 쉽지 않았던 모양이다. 지금 찍고 있는 드라마도 대단한 기대작은 아니라며 안타깝다는 소리를 했다.

식사를 마친 후에는 그의 집에서 술을 마셨다.

다음날 집에 가니 내가 아는 비밀번호로 문이 열리지 않았다. 학교로 돌아가 규리의 회사에 매니저로 지원했다. 술을 사들고 구경꾼의 집에 쳐들어가 3일을 보냈다. 지원서를 보낸 지 4일째 되는 날 연락이 왔다. 체크카드에 남아있던 돈으로 와이셔츠와 슬랙스를 사 입고 면접을 보았다. 합격했다는 연락이 오기까지 3일이 더 걸렸는데, 그 사이 휴학계를 냈다.

구경꾼의 집은 영화 비디오로 가득했다. 일주일 동안 구경꾼의 추천 컬렉션을 감상했다. 회사가 숙소를 제공하여 그 집에서 나올 수 있었다.

출근 첫날 회사 사무실에서 나를 맞아준 사람은 들어온 지 1년 정도 되었다는 20대 중반의 남자 매니저였다. 말이 많은 스타일은 아니었다. 일주일 동안의 스케쥴 표와 한 페이지짜리 전화번호 리스트를 건네주며 숙지하라는 짧은 지시로 인사를 끝냈다. 나보다 체격은 좋았지만 키가 작았다. 이어지는 정적의 시간을 어떻게든 깨볼까 하다가 그만 즐기기로 했다. 40분 동안 그 분위기를 즐기다보니 규리가 나타나도 태연하게 인사를 건넬 수 있을 것 같았다.

누군가 우리가 앉은 사무실을 지나쳐 달려갔다. 규리의 코디라는 사람이 잠시 고개를 들이밀고 나갔다. 희미한 웃음소리도 들리고 무언가 부딪히는 소리도 들렸다.

특이하게도 방 한 쪽에 전신거울이 있었다. 정중앙에는 책상 네 개가 붙어 있었고 거울 반대편에는 철제 캐비닛이 있었다. 정수기 옆 탁자에는 각종 티백이 흩뿌려져 있었다.

탁자 아래 쓰레기통은 텅 비어있었다. 종이컵이 없었다. 차나 마실까하고 과묵한 선배를 향해 입을 연 순간 규리가 나타났다.

나는 탁자에 손을 뻗은 채로 반사적인 인사를 했다. 규리는 나를 몇 초간 뚫어져라 쳐다보았다. 이건 뭘까, 라는 눈빛이었다. 얼굴이 달아올랐다. 몸은 이미 굳어버려 한껏 뻗은 팔은 내려가지 않고 멍청하게 열린 입도 닫히지 않았다.

얼굴을 들이밀었던 코디가 다시 나타났다. 코디는 여자였는데 나이를 가늠할 수 없었다. 위 아래로 품이 큰 트레이닝 복을 맞춰 입었고 머리는 금발이었다. 뿔테 안경에 덴탈 마스크가 겹쳐 얼굴이 보이지 않았다. 키는 규리와 비슷할 정도로 컸다. 규리에게 내 소개를 한 후 오늘 스케쥴은 선배와 내가 동행 할 것이며 얘기 좀 나누다가 세시에 출발하자는 말을 숨도 안 쉬고 내뱉은 후 사라졌다.

나는 그제야 팔을 접고 입을 닫고 자리에 앉았다. 자기소개를 했다. 성실한 부모님 아래 평범한 학창시절을 보내다 문득 대학을 그만두고 싶어져 집에서 쫓겨났고 운명처럼 학교에서 규리의 촬영을 본 후 매니저에 지원해 3일 전만에도 존재를 몰랐던 사람의 집에 얹혀살다 출근했다는 내용이었다.

"자기소개를 잘 하시네요, 연예인 해도 되겠어요."

라는 말이 규리의 감상이었다.

그날 밤 나는 회식에 참석했다. 규리도 동석했다. 심지어 규리는 내 옆자리에 앉았다. 규리는 조용했다. 나도 인사 몇 마디를 끝으로 무리의 대화에서 완전히 소외되었다. 규리는 잊을만하면 잔을 맞대왔다. 정확히 반쯤만 찰랑거리는 소주잔을 주기적으로 입에 가져갔다. 한 번은 나와 눈이 마주쳤는데, 내게 살짝 눈웃음을 지어주었다. 소주를 도로 뱉어내지 않기 위해 입을 꾹 다물어야 했다.

신입 매니저로서 내 업무의 대부분은 운전이었다. 촬영장까지 들어가는 일도 없었다. 밖에서 얼쩡거리며 누군가 심부름 시켜주기를 기다렸다. 조금은 쓸쓸했다.

자동차 안에는 규리의 일상을 찍기 위한 카메라가 설치되어 있었다. 규리만 나오는 각도였다. 회사는 원한다면 내 목소리는 변조해주겠다고 했다. 그래도 처음에는 촬영에 동의할 수 없었다. 매니저인 내가 마음의 준비를 다 하길 기다려주는 너그러운 회사였다.

나는 생각보다 빨리 준비되었다. 딱 두 마디의 말만 하는 하루가 반복되었기 때문이다. 사람이 그 정도로 말을 안 하면 목소리가 사라질지도 모른다는 두려움이 생긴다. 일상적인 대화를 나누는 장면을 담기 위한 질문지가 제공되었다. 썩 잘 만든 질문지는 아니었다.

“좋아하는 색깔이 뭐예요?”

라는 질문에 규리는 믿을 수 없다는 표정을 지었다. 대답을 해주긴 했는데 색깔은 기억나지 않는다.

다음으로는 좋아하는 계절, 좋아하는 날씨, 좋아하는 동물, 좋아하는 옷차림, 세상에는 좋아할 것이 많다. 촬영을 시작한지 3일째 되는 날 규리는 내 눈을 진지하게 바라보며 이제부터 좋아하는 걸 물으면 싫어하는 걸 말할 생각이니까 내 이름이 나올까 겁이 난다면 다른 질문을 하라고 했다. 난 그저 첫 주제가 “좋아하는 것”이었던 질문지를 처음부터 읽어 내려간 것뿐이다. 약간 상처를 받아 곧장 싫어하는 사람을 물어보았다.

"너다, 너."

"너?"

"누구누구 씨라고 하면 더 상처받지 않겠어?"

맞는 말이라고 생각했다. 다음날부터는 세 가지 주제를 골라 질문했다.

질문은 한 달 만에 동이 났다. 그리고 규리의 일상을 담은 14분짜리 영상이 공개되었다. 내 목소리는 15초 출연하였다. 10분의 기다림 끝에 싫어하는 사람을 묻는 볼멘소리가 등장하였다. 음성변조는 요청하지 않았다.

두 번째 질문지는 제공되지 않았다. 나는 며칠을 머뭇거리다 카메라를 껐다. 규리는 반대하지 않았다.

대신 때때로 노래를 흥얼거리기 시작했다. 촬영을 하라는 신호 같아 카메라를 켰다. 규리가 노래를 흥얼거리기만 하면 이마에서 땀이 났다.

어느 날은 비가 심하게 쏟아졌다. 거센 빗소리 사이로 환청처럼 규리의 노랫소리가 들렸다. 사람이 이렇게까지 두려움에 떨 필요는 없는 것 같아 입을 열었다.

"항상 흥얼거리는 노래 있잖아, 좋아하는 노래야?"

"실은 가사를 잘 몰라."

"전곡 안 들어볼래? 나도 좋아하는 노래거든."

"그래."

노래의 제목은 'Angel of the morning' 이었다. 나는 크리시 하인드의 버젼을 좋아했다. 미국 출생인 그녀는 1978년에 영국으로 건너와 프리텐더스라는 밴드를 결성해

보컬로 활동했다.

Just call me angel of the morning, angel
Just touch my cheek before you leave me, baby
Just call me angel of the morning, angel
Then slowly turn away from me

규리가 정확한 가사로 노래를 부르는 장면만 공개되었다. 내 목소리는 나오지 않았다.

규리가 촬영하던 드라마는 방영을 시작한 상태였다. 나는 촬영이 다 끝난 다음에야 드라마를 보기 시작했다.

드라마는 잘 되고 있지 않았다. 보고 나니 왜 잘 되지 않았는지 알 것 같았다. 규리는 주인공 남녀에게 끊임없이 긴장을 주는, 말하자면 악당 역이었는데 여러모로 비현실적인 인물이었다. 결국에는 악당도 아니었다. 규리는 주인공 남자의 전 연인이었다. 두 사람은 가족의 반대로 헤어졌다. 규리는 재벌가의 딸이었는데 이 점을 숨긴 채 남자와 사귀었다. 이별 후 남자는 규리 아버지의 회사에 입사하는데, 규리를 상사로 만나고 만다. 퇴사를 고민하던 남자는 회사 근처 카페에서 주인공 여자를 만나 사랑에 빠진다.

사이가 깊어진 남녀는 각자의 슬픈 가족사를 털어놓는다.

두 사람의 아버지는 모두 의문의 사고사를 당했다. 사건의 진상을 파헤치기 시작하는 순간부터 사고의 배후이자 악의 축은 규리의 아버지일 것이 자명했다. 주인공 남녀만이 그 진실을 향해 기어간다. 게다가 서로의 답답한 사고방식에 운명적인 사랑을 느낀다. 규리는 매회 의미심장한 그림자를 드리우며 드라마에 전무한 긴장감을 주고자 한다.

하지만 규리가 실은 주인공 남녀를 도와주고 있다는 반전을 세 번쯤 경험하고 나면, 드라마에 남은 기대는 완전히 사라진다. 주인공은 마지막 회에 규리 아버지의 악행을 폭로하고 선의 희미한 승리를 내보인다. 규리는 주인공 남녀에게 (대체 왜?) 사과를 하고 일자리를 보장해주고 두 사람이 마음 편히 사랑할 수 있도록 아예 나라를 떠나버린다.

비현실적으로 착한 천사라고 할 수 있다.

〈거실의 엠마〉에서도 규리는 비현실적인 천사였다.

영화의 주인공은 엠마라는 여자였고, 규리는 엠마의 오빠의 연인이었다. 이 오빠는 젊은 나이에 큰 반향을 일으킨 화가였다. 엠마 역시 화가로서 자신의 그림을 찾고자 하지만 오빠의 그림자에 가려 어려움을 겪는다. 이 화가 남매는 예술가는 으레 그럴 것이라는 편견을 답습하는 고집스럽고 예민한 인물들이었다. 그리고 규리는 그 모든 변덕을 너그럽게 받아들이는 로봇 같은 사람이었다.

그럼에도 이 영화의 규리는 인상적이었다. 영화에 나오는 모든 예술가들이 요란스러우니 눈에 띄는 것은 오히려 규리였다. 규리는 차분한 남색 가디건에 흰 셔츠, 정장 스커트 차림이었다. 예술가들은 형형색색의 누더기 옷을 겹쳐 입었다. 규리는 갤러리를 운영하며 이런저런 행사가 잘 굴러가도록 관리하는 일을 했지만, 엠마보다도 예술가로 성공할 가능성이 높아보였다. 엠마는 오빠를 따라했지만 규리는 전혀 물들지 않았기 때문이다.

영화의 중후반쯤 엠마는 규리에게 이런 질문을 한다.

"대체 왜 우리 오빠 곁에 있는 거예요?"

그 질문에 규리는 처음으로 눈에 띄게 불쾌한 감정을 드러낸다.

"왜 모두들 그걸 궁금해 하죠? 다들 내가 아니기 때문에 모르는 거예요."

나는 이 대답이 마음에 들었다. 규리를 주인공으로 한 속편이 나오길 바랐다. 주인공의 인생은 어떻게든 행복한 결말을 맞아야 한다. 이를 돕는 것 이상의 이유는 없다는 듯이 만들어진 규리의 역할이 주인공보다도 입체적으로 느껴졌다. 누군가의 인생은 잘 굴러가야 한다는 자기만의 목적에 의미를 부여하고 마음대로 행동한다는 점에서 인간미를 느꼈다.

드라마가 방영되기 시작하고 2주 동안은 홍보를 위해 이런저런 방송에 참여했지만, 시청률이 반등하지 못해 그 후로는 아무것도 없었다. 나와의 이동시간이 점점 짧아졌다. 회사로 출근해 규리를 아예 보지 못하는 날이 늘어났다.

그러다 두 달 만에 규리를 만났다. 일상 영상을 찍기 위해서였다. 규리는 대뜸 물었다.

"내가 밴드의 보컬 역할을 하면 어떨 것 같아?"

"밴드?"

"예를 들면, 네가 좋아하는 밴드의 보컬 같은 스타일 말이야. 프리텐더스의 크리시 하인드처럼 머리는 삐죽하게 자르고 징 박힌 가죽조끼를 입고 일렉 기타를 치면서 노래하는 보컬."

"잘 어울릴 거 같아. 딱 지금의 옷차림으로도 잘 어울릴 거라고 생각해."

"장난하니?"

규리는 찢어지지 않은 청바지에 무늬 없는 베이지색 니트를 입고 있었다.

"그런 역할이 들어왔어?"

"아니, 그냥 생각해 본거야."

우리는 얕은 오르막길을 오르며 반짝이는 간판들을 구경했다. 골목의 끝자락에 다다르자 얇은 통로 사이로 〈지하의 거실〉이라는 네온사인이 보였다. 우리가 들어가야 할 곳이었다.

바의 내부는 널찍했다. 자리는 듬성듬성 마련되어 있었고 모두 소파였다. 조명은 어둡고 벽은 분홍색이었다. 돌로 된 바닥 군데군데에 기둥이 서있었다. 야외극장에 소파 몇 개를 들여놓고 전혀 포근하지 않은 거실을 꾸민 것 같았다.

정중앙의 가장 큰 소파에 두 사람이 앉아 있었다. 우리는 그 다음으로 큰 소파를 차지했다. 규리는 와인을 주문하고 나는 맥주를 주문했다. 단발의 아주머니가 주문을 받았다. 아주머니와 소파의 두 사람은 알 수 없는 외국어로 대화를 나누었다. 첫 잔을 마시는 내내 규리와 나 사이에 아무 말도 오가지 않았지만 그다지 불편하지 않았다. 오랜 연습 후 규리를 만난 것 같았다.

두 번째로 주문을 할 때에는 왠지 서비스를 받았다. 데킬라 샷이었다.

"해외로 따라올 생각 있어?"

"해외 어디?"

"미국일 거 같은데, 미국 가본 적 있어?"

"없어. 미국은 좀 무서운데,"

"그럼 안 따라올 거라는 거네."

"그것 때문만은 아니야."

"매니저 일이 별로였어?"

"그것도 아니야."

"그럼 왜? 내가 싫어?"

마침 아주머니가 다가왔다. 신청곡을 받으니 듣고 싶은 게 있으면 말하라고 했다. 나는 프리텐더스의 Kid를 틀어달라고 했다.

"내게 어떤 역할이 어울린다고 생각해?"

"이제껏 해온 역할."

"이제껏 내가 무슨 역할을 했지?"

"주인공은 시청자에게 자신을 설명해야 되잖아, 그런데 허공에 독백을 하는 건 이상하지, 그럴 때 마다 옆 자리에서 말상대가 되어주는 사람이었어."

내 목소리에서 비아냥조가 느껴졌지만 규리의 표정에는 변화가 없었다.

"그런 역할이 어울린다고?"

"그래, 어울려. 주인공이 자기 멋대로 결정을 내릴 때 옆에서 상투적인 조언으로 오디오를 채워주는 사람이 어울려. 결정을 내리고도반은의기양양하고반은두려움에휩싸인주인공에게 무조건 네 말이 맞다며 헛된 믿음을 주는 사람이 어울려. 너는 누군가의 옆에서 항상 차분하고, 고민에 정답을 알고 있고, 걱정 따위 하나도 없어 보이는 사람이지. 그런데도 나는 네가 진짜라고 느껴졌어. 항상 조연이라고 여겨지는 네 역할을 주인공으로 하는 영화를 보고 싶었어."

목이 탔다. 두 번째 맥주잔을 만지작거렸다. 규리도 와인잔을 돌렸다. 1분이 지났을까, 10분이 지났을까? 규리가 말했다.

"그럼 네가 영화감독을 해보던지."

스피커에서 키드가 흘러나왔다.

Kid, what changed your mood

You got all sad

So I feel sad too

“내가 어떻게 감독이 돼.”

순간 규리의 손을 낚아채, 너를 주인공으로 만들어줄게, 같은 대사를 치는 사람이 되고 싶었다. 규리는 계속 잔을 돌렸고 나는 남은 맥주를 마셨다.

규리가 일어날 준비를 해서 나도 일어났다. 아주머니는 우리에게 다가와 다음에는 영화를 상영하니 보러오라고 했다. 규리는 웃으며 알겠다고 했고 나는 고개를 끄덕였다.

며칠 만에 찾은 〈지하의 거실〉은 영화 상영을 위해 더욱 조명을 낮춰 어두컴컴했다. 소파의 위치도 바뀌어있었다. 사람들이 몇몇 앉아있었지만 얼굴은 보이지 않았다. 아주머니는 웃으며 우리를 맞았다. 첫 잔으로 와인을 주었다. 넘어질 것 같아 서로의 팔을 붙잡고 어둠 속을 걸었다. 우리가 소파에 앉자마자 벽에 영상이 재생되었다. 영상은 흑백이었다. 영화의 제목은 〈세상의 끝에서〉였다. 본 적 없는 영화였다.

소파의 옆에는 낮은 탁자가 있었다. 주문을 하고 싶으면 탁자 위 메모지에 주문을 적으면 되었다. 아주머니는 소리 없이 메모지를 가져가고 소리 없이 음료와 안주를 탁자에 놓고 갔다. 자리를 비웠다 돌아오는 손님들도 있었다. 멍하니 영화를 감상하고 있는데 규리가 팔꿈치를 치며 나가자는 고갯짓을 했다. 우리는 또 다시 서로를 부여잡고 거실을 가로질렀다.

계단을 올라 맑은 공기를 마시니 최면에서 깨는 기분이었다. 우리 앞에 앉은 사람들은 사람 같지 않았다. 귀신이나 외계인의 얼굴이 뒤를 돌아봐도 전혀 이상하지 않을 공간이었다. 난생 처음 보는 흑백영화는 외국어로 흘러갔고 자막은 앞에 가려 잘 보이지 않았다. 처음에 받은 와인 한 잔으로 취해버린 것처럼 정신이 몽롱했다.

규리가 먼저 입을 열었다.

"영화 어때?"

"뭐가 어떻게 흘러가고 있는지 하나도 모르겠어."

영화의 주인공은 할아버지와 어린 손자였다. 손자에게 남은 유일한 가족은 할아버지였고, 둘은 바닷가 마을에서 잡화점을 운영하며 살았다. 할아버지는 평생을 마을에서 살았고, 할아버지의 아들은 어린 나이에 집을 떠나 소식이 없었다. 마침내 도착한 것은 그의 죽음과 하나뿐인 아들이었다. 엄마는 알려지지 않았다. 아들이 사라진 후 아내까지 병으로 떠나보낸 이 할아버지는 십 년이 넘는 시간을 혼자 보냈기 때문에, 자신의 손에 넘겨진 손자를 크게 반겼다.

마을 사람들과 할아버지는 사이가 좋지도 나쁘지도 않았다. 할아버지의 잡화점은 적지만 끊이지 않는 관광객으로 유지되었다. 할아버지의 선조가 차렸던 가게는 여러 수입품을 다루며 당대에는 번창했지만 갈수록 기울어 현재의 크기가 되었다. 남아도는 물건을 마을 사람들과 나누던 선조의 마음 씀씀이도 이 할아버지에게는 없었다. 타고난 외로움과 혼자 흘려버린 시간으로 쪼그라든 할아버지의 삶은 손자로 인해 조금씩 부풀어가는 듯 했다.

그 때 아들의 친구라며 두 남녀가 마을을 찾아온다. 이들은 아들의 방탕한 삶에 대한 이야기를 퍼뜨리고, 마을에 남은 젊은이들에게 좋지 않은 영향을 끼친다. 할아버지와 마을 사람들 간의 유대는 순식간에 끊어진다. 이 남녀는 할아버지의 잡화점을 빼앗고 손자와 노인을 길바닥으로 내친다. 문을 열어주는 집은 없었다. 마지막 남은 온정인지 냉정함인지, 잡화점 근처에서 고기를 잡던 한 노인은 할아버지에게 자신의 배를 넘겨준다. 할아버지는 손자를 데리고 마을을 떠난다. 손자는 칭얼거리고 할아버지는 절망에 말을 잃는다.

두 사람이 탄 고기잡이배가 망망대해 한 가운데에 표류하는 장면에서 거실을 나왔다.

"영화를 보니 깨달은 바가 있어."

"뭘 깨달았는데?"

"네가 말한 내 모습을 받아들이기로 했어. 나는 주인공하고 달라. 내게는 누군가에게 털어놓고 설명하고 해결되었으면 하는 문제는 없어. 모두 내가 혼자 안고가면 되는 것들이야."

"영화의 뭘 보고 그런 걸 깨달은 거야?"

"영화 제목이 〈세상의 끝에서〉잖아. 세상의 끝까지 함께 할 누군가는 없어. 마지막까지 나와 살아가는 것에 익숙해져야 할 뿐이야."

"규리야,"

하고 불러본 것은 처음이었다. 내 귀에 들리는 목소리는 처량하고 힘이 없었다. 규리는 약간 미안하다는 표정을 지었다. 그리고 뒤를 돌아 내게서 멀어지기 시작했다.

이번에도 내게는 규리의 팔을 낚아챌 용기가 없었다. 규리는 계속 나에게서 멀어졌고, 나는 몇 발자국 따라가지 못한 채 입을 뻐끔거렸다. 하지만 한 마디 정도는 하고 싶었다. 네 옆에 남아주겠다는 말은 고백처럼 들렸다. 그리고 거짓말이었다. 누군가는 네 옆에 있을 것이라는 말은 구차하게 들렸다. 코웃음이 나왔다. 세상은 따뜻하다, 사람도 생각보다 따뜻하다, 혼자라고 생각하지 마, 이건

공익광고보다 못했다. 결국 내가 생각해낸 말은,

"마음을 열어봐!"

영화의 후반부는 이렇게 흘러갔다.

바다의 한가운데에서 꼼짝도 못하고 하루를 보낸 할아버지와 손자는 아들이자 아빠였던 사람에 대해 이야기를 나눈다. 할아버지가 아는 아들과 손자가 아는 아빠의 모습은 크게 다르지 않았다. 한 사람을 그리워하는 마음의 크기도 똑같다는 사실을 알았다. 별이 쏟아지는 밤하늘 아래 할아버지와 손자는 같은 사람의 모습을 그렸다. 그리고 서서히 정신을 잃었다.

눈을 떠보니 할아버지와 손자의 배는 크고 튼튼한 배에 묶여 앞으로 나아가고 있었다. 배에는 물과 음식과 두꺼운 담요가 있었다. 두 대의 배는 육지와 가까워졌다. 멀리보이는 항구에는 개미만한 크기의 사람들이 끊임없이 움직였다. 가까워오는 배를 향해 항구의 사람들은 손을 흔들었다.

두 사람은 세상의 끝에 도착한 것이 아니었다. 두 사람에게 세상은 막막하도록 넓었다. 아무리 넓은 세상이라도 이대로 가다보면 끝에 다다르리라고 착각한 것이었다.

사실 세상은 넓지 않았다. 많은 것들이 없어져 넓어보였을 뿐이었다. 손자와 노인을 배에서 꺼내기 위해 여러 사람들이 손을 뻗었다. 이 손을 잡으며 영화는 끝난다.

규리는 영화의 마지막을 보지 않았다. 그래서 분할 정도로 슬펐지만, 영화를 끝까지 보지 않은 것마저 규리가 얻은 깨달음의 일부로 느껴졌다.

규리와의 일은 그렇게 끝이 났다. 나와 규리의 마지막을 담은 영상은 회사에서 공개하지 않았다. 내게 그 영상을 보내달라는 메일 보냈지만 답장을 기대하지 않았다. 나는 집으로 돌아가기 전 신세졌던 구경꾼을 찾아갔다. 구경꾼은 집에 없었다. 핸드폰 번호를 붙이고 갔지만 연락이 오지 않았다.

가끔은 규리를 다시 만나 둘도 없는 친구가 되는 상상을 한다. 하지만 규리를 친구로 삼는 것이 내 삶에 그다지 도움이 되지 않을 것 같다고도 생각한다. 그 사실마저 규리에게 털어놓고 싶은 충동이 인다. 그럴 때 마다 거울 앞에 서있는 착각을 한다.

따뜻해진 날씨로 사람들이 쏟아져 나온 학교의 산책로를 향해 걸어 나갔다.

연애담

희재 씀

“선배, 꼭 그 사람이랑 만나야 해요?”

“미안해. 하지만 지금까지 내 곁을 지켰던 사람이야.”

유현은 뒤돌아서는 세은의 손목을 잡아 세웠다.

“앞으로는 제가 지켜도 되잖아요.”

“유현아 .. “

“사랑해요, 선배.”

반쯤 채워진 화면에 커서가 깜빡거렸다. 정연은 몇 줄 더

써내려가다 지우기를 반복했다.

'오늘까지 3만자는 채워야 하는데. 쌓아둔 세이브도 이미 썼고. 아~ 여름휴가 때 가서 그냥 쓸걸!'

정연은 뒷머리를 북북 긁었다. 모니터 옆에 놓인 연필꽂이에서 전자담배를 꺼내 물었다. 연필꽂이에는 연필 대신 다 피운 일회용 전자담배, 궐련형 전자담배, 액상 전자담배 등 담배가 종류별로 꽂혀있었다. 한동안 허공을 바라보며 연기를 연거푸 내뿜던 정연은 뭔가 떠오른 듯 바쁘게 키보드를 두드렸다. 페이지에는 여자에게 고백을 하고 로맨틱한 키스를 하는 장면으로 채워졌다. 장면 속 주인공들은 입술을 지나 목덜미, 쇄골에 입 맞추고 있었고 허리를 감싸 안은 손이나 숨소리를 통해 섹슈얼한 분위기를 짙게 풍기고 있었다.

'지난 화는 내내 고구마였으니까 슬슬 씬 써줄 때가 됐지.'

정연의 소설은 15세 관람가였지만 주인공들은 아슬아슬하게 선을 넘나들었다. 모름지기 남녀상열지사는 동서고금 월드와이드 베스트셀러인 법이었다. 정연은 분량을 채운 원고를 담당자에게 전송하고 뿌듯한 맘으로 플랫폼에 올라간 지난 연재분을 열었다. 마감을 치고 나면 지난 화 댓글을 보는 게 정연의 버릇이었다.

romaxxx : ㅠㅠㅠㅠㅠㅠㅠ 작가님 진짜 천재 만재 … 이 시대의 연애 바이블은 이거임

ㄴ re: ㄹㅇㄹㅇ 달달해서 이 썩을 것 같아요 작가님 덕에 치과의사들 강남아파트 사겠네

ㄴ re: ㅋㅋㅋㅋㅋ 작가님 분명 연애 고수일듯 이건 짬에서 나온 바이브다

베스트 댓글들을 훑으며 정연은 안도의 한숨을 내쉬었다. 반응이 나쁘지 않았다. 뷰 수도 그렇고, 유료 결제 비율도 그렇고 정연의 작품은 늘 안정권이었다.

'니즈를 알면 맞춰주기 어려운 건 아니지.'

늘 댓글창을 열기 전에 긴장감에 숨을 참는 정연이었다. 정연은 잠시의 안도감을 만끽한 후 노트북을 덮고 내일 출근을 위해 옷과 가방을 미리 챙겼다. 부업으로 웹소설을 쓰느라 늦게 자는 탓에 아침이 늘 힘겹기 때문이다. 정연은 잘 준비를 마치고 자리에 누워 내일 할 일과, 오늘 한 일을 떠올리다 픽 하고 웃었다. '작가님은 분명 연애 고수'라는 댓글이 우스웠다. 정연은 연애하지 않은 지 몇 년은 훌쩍 넘은 참이었다.

'내가 고수면 이렇게 안 살아요, 독자님들.'

이런 생각을 마지막으로 정연은 까무룩 잠에 들었다.

매일 네다섯시간의 짧은 수면을 취하는 탓에 정연은 만성피로에 시달리고 있었다. 사무실 모니터 앞에 앉아 있노라면 졸음이 수시로 찾아왔다. 진한 커피로도 잠이 깨지 않았다. 하품을 늘어지게 하던 정연은 대각선에 마주 보고 앉은 아영과 눈이 마주쳤다. 아영은 키득거리며 엄지 검지를 세워 입에 댔다. 정연은 익숙한 정연의 핸드사인이 반가웠다. 둘은 핸드백 안에서 작은 파우치를 꺼내 들고 조용히 자리에서 일어났다. 둘은 서로 다른 행선지를 가는 척 사무실에서 나온 후 몇 블럭 떨어진 후미진 골목길에서 다시 만났다.

"아 진짜 졸려, 오늘 왜 수요일이지? 대리님, 저 집에 가고 싶어요."

"저도요. 체감상 금요일인데, 왜 수요일이냐."

둘은 파우치에서 담배를 꺼내 물었다. 전자담배가 나온 후로 정연은 쭉 전자담배만을 피웠다. 맛이야 연초를 따라갈 수 없지만 냄새가 배지 않는 게 좋았다. 반면 아영은 연초만 고집했다. 정연과 아영이 알고 지낸 몇 년간 아영이 피우는 담배는 한 번도 바뀌지 않았다.

"제거 하나 줄까요?"

아영의 담배에 시선을 두자 아영이 한 개비를 꺼내 권했다. 아영을 제외한 회사 사람들은 정연이 흡연자인 사실을 몰랐다. 냄새로 들키고 싶지 않아 전자담배를 고집하는 것이기도 했다.

"저 가글도 있고 향수도 있어요. 제거 탐내는 얼굴하지 말고 하나 피워요."

"고마워요."

아영은 또 키득거리며 정연에게 담배를 물려주고 불을 붙여주었다. 넉살이 좋은 후배였다. 둘은 몇 년 전 회사와 떨어진 동네의 한 바에서 우연히 마주친 걸 인연으로 가까워졌다. 정연은 그날 담배를 태우다 우연히 마주친 게 아영이라 다행이란 생각을 했다. 아영은 넉살은 좋아도 입은 무겁기 때문이었다.

"이거 너무 야하죠, 대리님."

"뭐가요?"

"담배 불붙여 주는 거요. 하나로 나눠 피면 더 야해, 꺄"

"대체 뭐가 그렇게 야해요, 궁상맞지"

정연은 호들갑 떠는 아영을 보며 웃곤 깊게 한 모금을 빨아들였다. 그러고 보니 담배 나눠 피우다 눈 맞은 적이 있긴 했다. 눈만 맞았나, 배도 맞았지. J는 어쩌면 정연이 쓰는 웹소설의 연료였다. J와의 경험으로 글을 팔아먹고 있으니 감사할 일인지도 몰랐다.

생각을 마치기도 전에 담배를 걸고 있는 손가락에 열기가 전해졌다. 전자담배만 피우다 보니 연초의 타임어택이 새삼스러웠다.

"아무튼 그래서요 대리님, 저 저번에 소개팅했다고 했잖아요. 내일 애프터 하기로 했어요."

"오, 어디서 해요? 구경하러 가야겠다. 별로면 말해요, 나와서 나랑 술 마시게."

"아 진짜요? 나 진짜 전화해야겠다, 대리님이랑 마시는 게 더 재밌지!"

먼저 다 피운 정연이 담뱃불을 터는 걸 신호로 둘은 자연스럽게 자리를 정리하고 사무실로 향했다. 잠은 깼지만 그렇다고 일에 집중이 잘 되는 건 아니었다. 다시 모니터 앞에 앉았지만 정연의 머릿속엔 잡념이 가득했다. 오랜만에 피운 연초의 냄새가 은은하게 배어 자꾸만 연초를 피던 시절의 기억이 떠올랐다.

J는 대학 시절 만났던 사람이었다. 그는 어디서나 눈에 띄었다. 목소리가 크고, 행동도 크고, 몸집도 크고, 존재감도 컸다. J의 첫인상은 친해질 일 없는 사람이었다. 정연은 자신감이 과한 사람을 아니꼬워했다. 게다가 J는 늘 애인이 있었다. 그런 주제에 모든 여자들에게 친절했다. 그렇게 몇 년을 서로 아는 사이로만 지내다 눈이 맞는 건 순식간이었다.

둘은 방학 중에 학교에 남은 몇 안 되는 사람이었고, 시간이 남아돌아 곤란한 졸업반이었으며, 마침 둘 다 술을 좋아했다. 남는 시간을 처리하기 위해 둘은 종종 만나 함께 술잔을 기울였다. 그날도 함께 술을 마시고 있었고, 담배를 피우기 위해 좁은 흡연실에 둘이 낑겨 들어가 있었다.

"너 진짜 의외다. 너 원래 1학년 땐 술 안 마셨잖아."

"너랑 안 마신 거지."

"그리고 이렇게 까칠한 줄도 몰랐지."

"뭐래. 어, 나 담배 없다."

"아까 니 돛대라며."

"아, 맞다. 나 취했나 봐, 까먹었어."

정연은 빈 담뱃갑을 구겨 쓰레기통에 던져넣고, J의 손을 끌어다 그의 손가락 사이에 끼워진 담배를 물었다. 숨을 들이마시는 동안 짧은 적막이 내려앉았다. 한 숨 가득 들이마신 후 J의 손을 그에게 돌려줬다. J는 정연이 연기를 내쉬는 걸 빤히 보다가, 왜 남의 걸 훔쳐 가냐고 농담 섞인 구박을 했다. 그날 술자리의 끝 무렵, 취해서 테이블에 엎드린 정연의 정수리에 J의 입술이 닿았다. 취한 정연을 자취방에 J가 바래다 준 것도, 날씨가 추우니 들어오라고 그에게 권한 것도 자연스러운 수순이었다.

둘은 방학 내내 붙어 지냈다. J는 매력적인 사람이었다. J는 불꽃같아서 정연이 필요로 하는 모든 걸 해주고 싶어 했다. 정연은 그와 함께하면서 재미있어했다. 안 가본 곳들, 새로운 경험들, 이래도 되나 싶은 것들을 골라 하며 서울 구석구석을 쏘다녔다. 정연과 J는 부족한 게 똑같았다. 둘은 정연의 자취방에 둥지를 틀고 서로의 상처를 핥으며 지냈다. 그렇게 기가 세던 J는 정연 앞에서는 눈길 한 번 더 받기 위해 끙끙거리는 강아지 같았다. 정연은 J가 자신에게 매달리는 게 내심 좋았다.

3분이면 담배 한 대가 다 타들어 가는 것처럼, 둘의 연애도 3개월 즈음엔 이미 불씨가 사그러들고 있었다. 둘은 부족한 것만 맞았다. 함께 있으면 결핍이 더 깊어졌다. J는 정연이 결핍을 채워나가는 걸 싫어했다. 결핍이 사라진 정연이 J를 찾지 않을까봐 기를 쓰고 정연의 충만을 방해했다. J가 불꽃이라면 정연은 젖은 나무였다. 둘이 부딪힐 때면 희뿌옇고 매캐한 연기가 가득했다. J의 불구덩이에 끌려들어갈 수 없었던 정연은 기를 쓰고 그에게서 도망갔다. 마침 졸업이 코앞이었다.

쿵.

육중한 소음이 정연의 잡념을 쓸어냈다. 곽팀장이 정연의 책상 위에 샘플과 서류가 가득한 상자를 내려놓은 탓이었다.

"이대리, 뭐해? 이거 오늘 도착한 샘플이니까 확인해봐요. 그리고 여기 있는 도면들 잘못 들어간 거 없나 체크하고, 금형 발주도 오늘 내로 진행하고."

"네, 알겠습니다."

"꼼꼼히 하자고, 꼼꼼히."

'10mm를 10cm로 발주 넣었던 놈이 할 말이 아닌데?'

정연은 혀 끝에 걸린 말을 삼키고 상자를 끌어다 서류를 확인하기 시작했다. 잡념은 연기처럼 흩어지고 이내 숫자와 도면만이 머릿속에 가득했다.

"세은아, 꼭 지훈이를 만나야겠어? 헤어졌잖아. 그러면 끝이야."

"헤어짐은 만남으로서 완결되는 것 아닐까? 은주야, 지훈이 어디 있어?"

세은이 떠난 후 지훈은 폐인처럼 지냈다. 항상 단정하고 완벽하던 그가 무너진 모습에 세은은 죄책감을 느꼈다. 은주는 지훈의 소식을 전해준 걸 후회했다.

"아니. 끝난 인연은 거기서 끝이야. 다 탄 마음을 들쑤셔봤자 재만 날릴 뿐이야."

정연은 잠시 인상을 찡그리며 모니터를 보다가, 백스페이스를 길게 눌렀다.

'너무 답답해. 이랬다간 여주가 욕만 먹을 텐데. 흠.'

정연은 습관처럼 전자담배를 물었다. 잠시 눈을 감고 생각에 잠겨있다가 빠르게 키보드를 두드렸다.

"유세은, 세은아. 나 진짜 너 못 놔줘. 내가 아직 널 너무 사랑해."

"…"

"잘 안 맞는다고? 내가 맞출게. 네가 원하는 대로 다 할게."

"지훈아, 이제 더 이상 널 사랑하지 않아."

"안 사랑해도 돼. 내가 사랑하니까 상관없어. 그냥 옆에만 있어

세은아."

"이러지 마, 지훈아 …"

"그냥 무조건 옆에 있어. 나 너 없으면 죽어."

페이지 속 남녀는 애절하고 매정한 이야기를 주고받았다. 여자 주인공은 남자 주인공의 매달림을 외면하지 못한다. 정연은 둘의 관계를 곪고 곪게 만들어 이야기 클라이막스의 연료로 삼을 생각이었다. 한 번 이미 깨진 사이는 붙일 수 없다. 알면서도 이야기의 주인공들을 붙여놓는 것은 사람이란 반면교사로부터 더 많은 걸 배우기 때문이었다.

정연은 미지근하게 식은 커피를 홀짝이며 글 쓰는 데 집중했다. 평일엔 회사 때문에 원고를 쓸 시간이 부족해서 주말에 몰아 써둬야하기 때문이었다. 서너시간을 내리 모니터 앞에 앉아만 있자 허리가 뻐근해왔다. 잠깐 일어나서 스트레칭이라도 하려던 차에 핸드폰에 메신저 알람이 떴다. 화면엔 친했던 대학 동기의 이름이 떠 있었다.

정연아 너 송년회 올거지??

되면 갈게! 다음 주 주말이지?

달력엔 체크해놨어 ㅋㅋ

ㅇㅋㅇㅋ 얌, 이번에 J도 온대 ㅋㅋ

너 아직도 J랑 싸워서 불편해? 오지 말라 해?

동기들은 정연과 J가 세달 내내 동거하며 사귄 사실을 몰랐다. 졸업 직전 방학이었기 때문에 학교에 동기들이 몇 있지도 않았을뿐더러, 정연과 J 둘 다 이미 과 CC를 했었던 탓에 동기들에겐 둘의 관계를 비밀로 했기 때문이었다. 게다가 J에겐 이런저런 소문이 꽤 붙어있었다. 소싯적에 엄청 놀았다던가, 집안이 조폭이랑 연관이 있다던가, J가 유흥업소에서 일을 했다던가 등. 정연도 마찬가지였다. 과에서 꼬리를 쳐서 정연한테 넘어간 불쌍한 남자가 여럿이라거나, 알고 보니 임자 있는 남자랑도 붙어먹었다거나, 조용한 척 하지만 클럽 죽순이라거나. 물론 둘의 소문에 진실에 가까운 것은 하나도 없었다. J의 세상 무서운 줄 모르는 대담함은 그를 힘 깨나 있어보이게 만들었고, 얌전하게 생겨 줄담배를 피우던 정연의 모습은 그를 발랑까진 여자로 보이게 만들었다. 아무튼간에 둘은 서로 사귄다는 사실은 밝히지 않기로 했다. 누가 먼저 말을 꺼낸 적도 없지만 비밀을 지키는 건 둘의 엄숙한 약속이었다. 둘의 약속은 헤어진 지 까마득한 지금에도 유효해서 동기들은 둘이 서먹하게 싸운 걸로 알고 있었다.

ㅋㅋㅋㅋ 안 싸웠다니까.

괜찮아 너희도 안 본 지 오래됐다며.

다 불러 불러

그래그래. 마침 그날 J도 쉬는 날이라 된대

ㅋㅋ 지현이랑 승이도 온단다

와 진짜 다들 안 본 지 오래 됐다. 다들 잘 사나?

암튼 되면 갈게 ㅎㅎ

정연은 1이 사라진 메시지가 너무 식지 않도록 적당히 답장을 보내곤 다시 생각에 잠겼다. 쓰던 웹소설을 이어 쓰려고 해도 J에 대한 생각을 멈출 수 없었다. 정연은 종종 멈춰지지 않는 생각은 오히려 즐기는 취미가 있었다.

J와의 이별은 지독했다. 짧은 연애 기간에 비해 헤어지는 기간은 지나치게 길었다. J는 매일같이 정연을 찾았다. 자취방 앞에 찾아와 현관문 앞에 등을 기대고 밤을 새기도 하고, 하루 건너 하루 술에 잔뜩 취해 전화를 했다. 정연도 그런 J를 그냥 두지 못해 몇 번이나 다시 만나곤 했다. 때로는 그의 부재를 견디지 못하고 달려가 J의 품에 먼저 안기기도 했다. 그럴때면 J는 하늘의 별도 달도 따줄 수 있다고, 다시는 정연을 울리지 않겠다고 호언장담을 하며 약속을 열두개쯤

늘어놓았다. 하지만 그 약속이 오래 지켜지는 법은 없었다. 최단기간은 이틀이었다.

그러면서도 J는 정연의 곁에 머물렀다. 정연은 차츰 말라갔다. 왜인지 가장 가까이 있었던 J가 모를리 없지만, 그는 하루 종일 굶고 늘어져있는 정연을 옆에서 간호하며 맛있는 식당들에 데리고 다녔다. 정연이 화를 내고 소리를 지르며 J에게 당장 사라지라고 해도 J는 '진정하게 담배 한 대 필래?'라며 웃고 넘겼다. 정연은 J에게 헤어져달라고 싹싹 빌기도 했다. 하지만 J는 다정하게 웃으며 정연을 안아줄 뿐이었다. 결국 마지막 순간에 정연은 J에게 '너를 단 한번도 사랑한 적 없었다'는 모진 말을 뱉고 나서야 그에게서 도망갈 수 있었다.

'거짓말이었을까?'

정연은 자신이 마지막에 한 말이 거짓말이었을지 진심이었을지 아직도 확신하지 못했다. 확실한건 그 말을 뱉고 나서 J를 보기가 무서워 도망쳤다는 것이었다. 그 까닭에 정연은 동기들과도 오랜 시간동안 연락을 끊고 살았다. 오랜 시간이 지나 무료한 직장생활에 찌들어갈때 쯤 추억이 그리워 동기 한둘과 다시 연락을 주고 받다가 송년회까지 가게 된 참이었다.

모니터 속 커서는 여전히 그 자리에서 깜빡였다. 멈춘 장면 속 주인공들이 정연을 힐난하는 것 같았다. '우리한테는 그렇게 잘난 척, 세상의 모든 연애담을 다 아는 척 굴더니 우습다'고.

"아~ 이거 진짜 집중 안된다. 이대리, 잠깐 나갔다올게."

"네, 어디 가세요?"

"한 대 피우러. 왜? 이대리도 가게?"

곽팀장은 자리에서 일어서며 정연에게 담뱃갑을 흔들어보였다. 실실 웃으며 말하는 곽팀장의 얼굴이 오늘따라 한층 더 두꺼비와 겹쳐보였다.

"아, 다녀오세요."

"어엉, 이대리도 나가고 싶으면 같이 가자고."

정연은 희미하게 웃으며 그를 보냈다. 정연이 담배를 필 리 없다고 확신하고 놀리듯 말하는 태도가 오늘따라 신경에 거슬렸다. 반발심과 짜증에 정연도 담배가 당겼다. 대각선을 바라보자 아영도 정연을 바라보고 있었다. 정연은 손가락을 입술에 가져다댔다.

"곽팀장 오늘따라 짜증나요. 하품 좀 조용히 했으면 좋겠어요."

후미진 골목에서 담뱃불을 당기며 아영이 투덜거렸다.

"저번 회식 때 저 담배핀다고 사람들앞에서 일부러 소문내더라고요. 지는 담배핀다고 맨날 하루에 두시간씩 자리 비우면서."

"멍청해서 그래요."

"그래도 오늘 금요일이라 살 것 같아요. 이제 몇시간만 참으면 주말이다. 대리님 주말에 뭐해요?"

"주말에요… 음."

아영의 물음에 정연이 머뭇거렸다. 애먼 필터 끝을 잘근잘근 씹다가 아영에게 질문을 던졌다.

"주임님, 주임님같으면 전 애인이 있는 모임에 갈 것 같아요?"

"아뇨! 거길 왜 가요, 아 한 대 때려주러 가는거면 갈게요."

아영이 키득거렸다. 아영은 웃을 때 코를 찡긋거리는 습관이 있었다.

"왜요? 대리님 얘기에요? 오~ 대리님 연애 관심 없으시다더니."

"언제그랬어요. 저 완전 관심 많거든요."

"맨날 소개팅 해준다고 해도 거절하잖아요. 아무튼 대리님 전 애인이랑 다시 만나고 싶은거에요?"

"아뇨? 그건 절대 아니죠."

"그럼 안 가야죠. 그 사람도 대리님 오는거 알고 오는 거래요?"

"아마도?"

정연의 대답에 아영은 부르르 몸을 떨며 진저리를 쳤다. 한대 더 펴야겠다며 주머니에서 담뱃갑을 꺼냈다.

"대리님. 다시 만날 생각 없으면 보지 말아요. 아차하면 사고나요."

"무슨 소리에요?"

"꺼진 불도 다시 보자. 몰라요?"

필터를 물고 한 숨 깊게 들이마시자 담배를 다 태웠다며 전자담배가 작게 진동했다. 정연은 고개를 끄덕거렸다.

아영과 정연이 나란히 들어오자 곽팀장이 '둘이 너무 돌아다녀~'라며 잔소리를 했지만 둘 다 어깨 너머로 흘려버렸다. 자리에 돌아와 식은 커피를 마시자 입이 썼지만 꿀꺽꿀꺽 잔을 비웠다. 지난 한 주가 워낙 피곤했던 탓인지 커피를 마셔도 몽롱함이 가시지 않았다. 글이 잘 써지지 않아 원고하는 데도 애를 먹었지만, 늦은 시간에 누워도 잠이 오지 않았다. 생각에 잠겨 잠이 끼어들 틈이 없는 탓이었다. 정연은 핸드폰으로 웹소설 앱을 켜 지난 회차 리뷰를 살폈다. 리뷰도 좋지 않았다.

applere : 요즘 왜 이렇게 고구마임? 일단 여주가 이해가 안됨. 민폐 미침. 헤어져놓고 왜 다시 만남?

ㄴre: ㅇㅈ 아니 다시 만나서 사귀면 모를까 어차피 헤어질건데 왜 만남ㅋㅋ

ㄴre: 작가님 감 떨어진듯..ㅋㅋㅋ

정연은 뒷머리를 긁적이곤 화면을 껐다. 일에도 집중이 되질 않았다. 다행히 금요일이었다. 일을 대충 미뤄 월요일의 자신에게 선물해도 합법인 요일. 정연은 급한 불만 끄고 나머지는 월요일 투두리스트에 적어넣었다.

출근시간이 비정하게 돌아오듯, 퇴근시간도 성실하게 찾아왔다. '들어가보겠습니다~' 제각각 인사말을 남기고는 썰물처럼 사무실을 빠져나갔다. 정연도 짐을 챙겨 사무실을 나섰다. 금요일의 지옥철을 뚫고 집 근처 역에 도착하자 허기가 느껴졌다. 요 며칠은 식욕이 없어 끼니도 간간히

거르고 있었는데 간만에 느껴지는 허기였다. 그래도 저녁을 차리기 귀찮아 편의점 도시락으로 때울 마음으로 편의점에 들어섰다.

정연은 남아있는 도시락을 집어 카운터에 내려두고, 계산을 위해 핸드폰을 꺼냈다. 카드를 꺼내려는 찰나 메시지 알람과 함께 화면이 반짝였다.

정여나~ 내일 송년회 올거야? 식당 예약해야 된대 ㅋㅋ

올거면 알려줘!

카드를 꺼내는 손이 멈췄다. 몇 초가 지났을까, 계산대 안의 아르바이트생이 귀찮은 얼굴로 계산을 재촉했다.

"아, 죄송합니다."

정연은 카드를 건넸다.

"오천 오백원입니다."

"잠시만요."

아르바이트생이 카드를 리더기에 꽂으려는 찰나 정연이 그를 제지했다.

"...말보로 하이브리드 하나 같이 주세요, 라이터도요."

편의점 옆 골목에서 정연은 담배갑 비닐을 벗겼다. 투둑, 얇은 은박이 덧씌워진 종이를 뜯어내고 조밀하게 채워진

스무 개비의 담배 중 하나를 골라 입에 물었다. 오랜만에 불을 당기는 탓인지, 겨울 바람이 매서운 탓인지 불이 쉬이 붙지 않았다. 등을 돌리고 몸을 웅크려 바람을 막고 다시 서너번 불을 당긴다. 불이 붙는 순간 숨을 깊게 들이마신다. 불꽃은 마른 담뱃잎을 먹으며 빛을 낸다. 불이 제대로 붙었다. 첫 모금은 왠지 늘 매캐하게 느껴진다. 그런데도 왜 다시 담배를 찾는지 알 수 없는 일이었다. 몸 속 깊이 채운 연기를 천천히 불어낸다. 필터에는 정연의 립스틱이 인주처럼 묻어있다. '몸에 나쁜 걸 사람들은 왜 끊지 못할까?' 스스로에게 던지는 질문을 되뇌이며 다시 담배를 문다. 앞니로 더듬더듬 캡슐을 찾아 물자 딱, 하고 캡슐이 터진다. 정연은 메신저 앱을 켜 써둔 답장의 전송 버튼을 누른다.

정여나~ 내일 송년회 올거야? 식당 예약해야 된대 ㅋㅋ

올거면 알려줘!

이정연~바빠?? 맞당 J도 온대 ㅋㅋ

너 온다고 했더니 걔도 괜찮대

미안미안, 이제 퇴근해서 늦게봤어.

응! 갈게, 내일 봐!!

예닐곱 모금을 들이마시자 손 끝에 열기가 닿는다. 골목에 놓인 재털이 역할의 냄비에 익숙하게 담뱃불을 털고 집에 들어가려다 몸을 돌려 다시 꽁초를 바라본다. 꺼진 불도 다시 봐야 한다던 아영의 목소리가 떠올랐다. 건조한 겨울 불씨가 번지지 않도록 담장에 쌓인 눈을 한웅큼 집어 냄비에 털어넣었다. 불씨가 꺼졌는지 가느다란 연기가 피어오른다. 정연은 손을 털고 집안으로 들어선다.

여름의 초복

견더 씀

오늘 새벽, 여름이가 죽었다.

죽음을 예상하지 못했냐고 묻는다면, 글쎄, 예상했는지도. 아니, 예상하지 못했나? 친구들이 찾아왔다. 괜찮냐고 묻는 전화에는 만족하지 못했는지, 내 얼굴을 봐야겠다며 굳이 여기까지 왔다.

지루하다. 죽은 사람에 대해 어쩌고, 저쩌고. 사람은 언제나 전시되는 존재라지만, 죽으면 정말이지 어두운 전시회 장안 홀로 남은 유리장 속의 전시품처럼 씹어지고, 깎아지고. 지겨워.

어떤 조문객은 신발도 채 벗지 못하고 여름이를 보고는 울었다. 고등학교 담임 선생님이라는데, 여름이가 담임선생님에 대한 얘기를 한 적이 있었나? 왜 저렇게 울지. 술자리에서 몇 번 봤던 여름이 친구들이 왔다. 열기 때문인지, 얼굴이 벌게져서는 구석에서 술을 홀짝인다. 잊고 싶은 걸까. 꿈이었으면 하는 걸까. 선명해지기는 커녕 흐려지기만 할 텐데.

자꾸 화가 난다. 내가, 내가 널 얼마나.

새벽에 죽은 여름이 덕분에, 하필 아직도 맨 정신이다. 분명 네 감긴 눈동자를 본 지는 24시간이 꼬박 지난 것 같은데, 여전히 해가 중천에 떠있다.

우리는 땡볕에 누워 이런저런 얘기를 나누는 걸 좋아했다.

"내가 어제 달리다가 넘어졌거든. 여기 봐."

여름이는 바지를 걷더니 아직 딱지가 채 나지 않은 상처를 보여주었다.

"진짜 아팠어. 말 한마디 못 나올 정도로. 그래서 가만히 앉아있었거든? 근데, 갑자기 이런 생각이 드는 거야. 이렇게 무릎에 피가 난적이 언제였더라. 기껏해야 종이에 베이거나 밥 먹다가 입천장이나 데어봤지, 초등학교 이후로 처음 아닌가. 웃음이 나더니, 아 나 살아있구나 싶은 거야."

“그게 뭐야, 너 살아있잖아.”

“아니 그런 거 말고. 진짜, 진짜 살아있는 거 말야. 막 새빨간 피가 철철..”

“윽 징그러워. 그만 그만”

해가 지면서 하늘이 새빨갛게 물들었다, 난 너의 무릎을 생각했다.

여름이는 견디지 못해 죽었다. 어느 시점인가 살아있다 보다는 살아지는 느낌이라서. 꽉꽉 막혀있는데 뒤에서 자꾸 미는 것만 같아서. 낭떠러지도 아닌데 한 발짝만 더 앞으로 가면 떨어지는 것 같아서.

"무궁화 꽃이 피었습니다 해봤지. 술래라서 잠깐 뒤돌았다가 보면 막 성큼성큼. 그런 느낌이야. 뒤돌면 저만큼, 또 뒤돌면 이만큼, 그리고 어느샌가 내 그림자를 밟고 서있을 정도로 가까이 와있어. 난 뭘 준비도 못했는데.“

내가 할 수 있는 건 여름이를 꼭 안아주는 것뿐이었다. 말은 소용이 없었다. 돌이켜보니, 안아주는 것도 소용이 없었다.

무언가 헛도는 느낌이라고 했다. 자전거에서 발을 헛디뎌 페달에 발이 끼이는 것처럼 자꾸 뭐가 잘 안 된다고 했다. 언젠가 여름이에게 꿈이 뭐냐고 물어봤을 때, 여름이는 뱀파이어가 되고 싶다고 했다.

"난, 뱀파이어가 햇살을 받으면 몸이 불타는 것처럼 그렇게 해를 똑바로 보면서 홀랑 다 타서 죽었으면 좋겠어. 우리 엄마는 나한테 가끔 그래. 왜 그렇게 쓸데없는 데 마음을 두냐고. 그런데 어떡해, 이게 나인걸."

난 여름이를 사랑했다.

"난 마흔 살이 되는 그 새해 첫날, 죽을 거야. 호주에서 크리스마스를 보낸 다음에. 쪄 죽는 여름날의 크리스마스! 어때? 재밌을 것 같지."

사랑하는 사람의 죽음에 대해 듣는 것은 썩 유쾌하지 않다. 하지만 여름이의 얘기를 듣는 건 언제나 즐거웠다. 그게 죽는 얘기라도.

여름이는 마흔 살이 되기 훨씬 전인 오늘, 죽었다.

"내가 죽으면 장례식장에 누가 올까? 장례식장이 사람으로 미어터졌으면 좋겠어. 친하든 안 친하든 나를 좋아하는 사람이면 다 왔으면 좋겠는데. 엄마 아빠 부조금 많이 받아서 호강하라고."

여름이는 킥킥대면서 웃었다.

"근데 장례식장이 슬프면 싫을 것 같아. 그래도 마지막인데."

여름이는 초복인 오늘 죽었다. 하필 복날에.

여름날의 크리스마스는 아니지만, 그래도 무더운 여름날.

잃어버린 것들을 위한 시

호준 씀

1. 네가 없음에도 나는 산다

<너를 잃고> 김수영

늬가 없어도 나는 산단다
억 만 번 늬가 없어 설워한 끝에
억만 걸음 떨어져있는
너는 억 만개의 모욕이다
나쁘지도 않고 좋지도 않은 꽃들
그리고 별과도 등지고 앉아서
모래알 사이에 너의 얼굴을 찾고 있는 나는 인제

늬가 없어도 산다

'늬가 없이도 나는 산단다'. 김수영의 '너를 잃고'는 이러한 문장으로 시작한다. 이런 말은 도대체 언제 나오는가. 아무리 생각해봐도 정말로 네가 없이 잘살 수 있을 때 하는 말 같지는 않다. 정말로 없어도 괜찮은 것이라면 구태여 말을 꺼낼 필요도 없을 테니까. 이 말은 정말로 네가 없이는 못살 것 같지만, 그럼에도 살고자 하는 것이 무릇 숨탄 것들의 본능이므로 살기는 살겠다는 뜻이다. 그러나 너 없이 살아가는 삶은 네가 있는 삶과는 완전히 다를 것이다. 그래서 시인은 네가 없이도 '잘 사는 것'이 아니라, 그냥 "산단다"라고 말한다. 2연을 보면 네가 없을 때 명확하게 달라진 삶이 어떤지 묘사된다. '나쁘지도 않고 좋지도 않을 꽃들', '별과도 등지고 앉아서'. 꽃이나 별과 같은 자연의 아름다움도 네가 없이는 별 감흥이 없을 때, 살아간다는 것은 '인생'이었다가 그저 '생존'이 된다. 어떤 잃어버림은 삶을 송두리째 바꾸어내기도 한다. 시인에게 '너'는 그런 존재였다.

이 시를 처음볼 때 가장 도드라지는 것은 아마도 '너'를 '모욕'으로 표현한 부분일 것이다. 도대체 어떤 이별이었길래, '너'는 모욕이 되었는가. 이 대목에서는 시인의 자전적인 삶을 들여다볼 필요가 있다. 북한의 남침 이전에 결혼하여 살던 시인은 처음에는 북한의 의용군으로 잡혀가고, 이후에는 미군의 포로수용소에서 몇 년을 떠돌다가 비로소 집으로 돌아오게 된다. 그런데 그가 돌아온 집에 그의 자리는 없었다. 그의 아내가 그의 선배이자 친구였던 이와 함께 살림을 차리고 있었던 것이다. 가장 소중한 사람을 또 다른 소중한 사람에게 빼앗긴 신세가 된 시인은 동시에 두 사람을 잃었다. 물론 시인도 전란으로 힘든 시대에 아들을 부양해야하는 그녀가 홀로 살기는 힘들었음을 모르는 바는 아니었을 것이다. 그러나 그 사실을 절감할수록 고통은 늘어난다. 내가 없는 삶을 선택한 그녀의 선택이 잘못된 것이 아니라 타당하였으며, 그것은 결국 자리에 없었던 자신의 탓이라는 것을 부정할 수 없을 때 그가 느꼈던 감정은 무엇이었을까. 너를 들여다볼수록 시인이 느껴야 했던 것은 다름이 아닌 자신의 허물이었을 것이며, 그러니 너는 나에게 '억 만개의 모욕'인 것이다.

…

이 영원한 숨바꼭질 속에서

나는 또한 영원한 늬가 없어도 살 수 있는 날을 기다려야

하겠다

나는 억만 무려의 모욕인 까닭에.

여간 내게 있어 이 시의 가장 눈물겨운 점은 소중한 사람을 잃어버렸다는 사실 그 자체에만 있지 않다. 잃어버린 것도 슬픈 것이겠으나, 그러한 삶을 견디며 살아야만 한다는 것이 서글픈 것이다. '나쁘지도 않고 좋지도 않을', '억만 개의 모욕을 사는' 삶일지라도, 화자는 살 수밖에 없음을 철저히도 인식하고 있다. 그래서인지 시 속에서 '늬가 없이'와 함께 가장 많이 반복되는 어구는 '**산다**'는 말이다. 시인은 이러한 사실이 부끄러웠을 수도 있겠다. 그토록 소중한 너였으나 네가 없는 삶을 끊어낼 용기까지는 없을 때, 그럼에도 상실된 삶에 적응하여 제대로 살아나갈 자신도 없을 때 우리는 어떻게 살아가야 하는가. 결국 시인은 기다리며 살아가는 길을 선택한다. 아니, 그것은 선택이 아닐 것이다. 이제 그가 할 수 있는 일은 그렇게 상처가, 모욕이 아물기를 기다리는 일밖에는 없지 않은가.

2. 기다리며 살아가기

<개여울> 김소월

당신은 무슨 일로
그리합니까?
홀로이 개여울에 주저앉아서

파릇한 풀포기가
돋아 나오고
잔물은 봄바람에 헤적일 때에

가도 아주 가지는
않노라시던
그러한 약속(約束)이 있었겠지요

날마다 개여울에
나와 앉아서
하염없이 무엇을 생각합니다

가도 아주 가지는
않노라심은
굳이 잊지 말라는 부탁인지요

김소월의 시에는 기다리는 화자가 자주 나온다. 기다린다는 말이 사뭇 무기력해 보이기도 하겠으나, 사실 그들은 매우 적극적인 기다림이라고 느껴진다. 〈진달래꽃〉에서는 꽃을 즈려밟거나 십리도 못가서 발병이 나라는 저주를 걸기도 하고, 지금 소개하는 이 〈개여울〉의 화자처럼 정말로 당신이 돌아오지 않을까 하는 희망을 한껏 품은 채로 기다리기도 한다. 앞선 〈너를 잃고〉와 비교해보면 이 적극성이 더욱 명확해진다. 〈너를 잃고〉의 화자는 모든 희망을 져버리고 그것이 없는 삶에 적응하기를 자포자기하며 기다리고 있지만, 이곳의 화자는 당신이 언젠가는 돌아오지 않을까 기대하며 하염없이 기다린다. 여기에는 나름의 이유가 있다. 〈개여울〉의 화자는 떠난 이에게서 아주 애매한 메시지를 하나 받아 들었는데, 이 말이 화자를 '하염없이 생각하게' 끔 하는 것이다. 그것은 떠나는 이가 마지막에 남긴 말, **"가도 아주 가지는 않겠다"**는 메시지이다.

떠나는 사람이 무슨 의도로 이런 말을 남겼는지는 짐작하기 어렵다. 그 사람 역시도 떠나는 일이 쉽지는 않았기에 무슨 말이라도 남기지 않았을까 추측만 해볼 뿐이다. 해석은 오롯이 남겨진 사람의 몫이다. 그렇다면 화자는 이 말을 어떻게 해석하고 있는가. 내 개인적인 생각으로는 이 말은 두 가지로 해석할 여지가 있을 것 같다. 첫째는 **"지금은 가도, 언젠가는 돌아올 것이다"**는 것이다. 아마 개여울에 앉아 하염없이 무언가를 바라보는 이는 떠나는 이의 말을 이렇게 해석하고 싶었으리라 짐작한다. 돌아오는 그 시기는 알 수 없지만, 여간 언젠가는 돌아올 것이라고 믿고 싶었을 것이다. 그런데 시를 들여다보면 이렇게 해석하는 것에 석연찮은 부분이 있다. 기다리는 사람이 그렇게 믿고 있다면 무엇하러 개여울엔 나와서, 왜 그렇게 그 말을 곱씹어 보는가. 그저 집에서 편안히 믿고 기다리면 되는 것이 아닌가.

모르긴 몰라도 화자는 아마 그 말의 다른 의미를 마음에 두고 있는 것 같다. **"가도 아주 가지는 않을 것이다"**를 이렇게도 해석할 수 있지 않을까. 예컨대, 그것이 **'몸은 떠나겠지만, 마음의 일부분은 남겨 놓겠다'**는 의미라면 어떨까. 기다리는 이를 괴롭히는 것은 이러한 해석이었을 것이라 생각한다. 만약 떠나는 이가 후자의 뜻으로 이야기했다면, 아마 그는 다시 돌아오지 않을 것이다. 돌아오지 않을 것이니 마음이라도 조금 남겨놓고 간 것일 테니까. 그리고 짐작컨대 아마 이 뜻을 개여울의 그 사람은 알고 있었을 것이다. 그러니 그는 말의 해석이 아니라, 그 말 뒤 발화자의 감정을 궁금해 한다. 그는 왜 그런 말을 했을까. 곰곰이 생각하고 생각한 끝에 화자가 낸 결론은 그것이다. '굳이 잊지 말라'는 뜻이 아니었을까. 그래서 그는 잊지 않고, 하염없이 생각하고 기다린다. 사실은 그 기다림이 영원히 지속될 것이라는 걸 알면서도.

3. 결국엔 잃어야 하므로

얼마 전에는 사랑니를 뺐다. 처음 병원에 갔을 때 의사 선생님은 사랑니가 썩어서, 나중에는 빼기가 더 어려워지므로 지금 처리하는 것이 좋을 것 같다고 말했다. 주변에 물어보니 친구들은 대부분 예전에 이미 사랑니를 뺐었다고 한다. 사랑니를 빼기 위해서는 두 번이나 나눠서 빼야하고, 중간중간 실밥도 풀러 몇 번이나 병원을 왔다갔다 해야했다. 귀찮아서 괜시리 짜증이 남과 동시에, 도대체 사랑니는 언제부터 입안에 생겨났던 걸까하고, 또 '어차피 없어져야 할 거면서 뭣하러 생겨난 거야'하는 불평이 떠올랐다. 그래도 짜증이 조금 가라앉자 없어지기 위해 태어난 사랑니 팔자도 기구하다는 생각도 들었다. 저라고 왜 어금니나 송곳니처럼 바른 자리에 나서, 제 역할을 하며 한 평생을 그곳에 머물고 싶지 않았겠는가.

그러고 보면 많은 것들이(사실의 거의 모든 것이) 결국엔 잃어버릴 의도를 내재한 채 태어나는 듯하다. 나만 해도 빨래를 할 때면 거의 매번 양말 한 짝을 잃어버리고, 셀 수 없이 많았던 볼펜들과, 심지어는 이니셜이 새겨진 선물받은 만년필까지도 잃어버렸다. 이런 쓸모없는 것들뿐만 아니라 소중한 것들도 더러 잃곤 한다. 어린 시절 받았던 편지를 잃었고, 몇몇 좋았던 추억들도 이제는 가물가물하며, 좋아했던 사람, 그리고 외할아버지와 1년 전에는 결국 외할머니까지도 잃었다. 외할머니를 잃었을 때는 내 몸에 붙어있던 어린 시절의 한 조각을 떼어내는 것처럼 아프기도 했다. 나는 이제 알고 있다. 쓸모가 없는 것이든, 소중한 것이든, 또는 내가 노력하든 그렇지 않든, 모든 것은 잃어버리기 마련임을.

그러니 우리는 누구나 잃어버리고 난 후의 삶을 준비해야 한다. 〈너를 잃고〉의 화자처럼 체념한 채로 다만 강한 생의 의지만으로 견디면서 살아갈 수도 있을 것이며, 〈개여울〉의 화자처럼 알고도 속으며 그리워하며 살아갈 수도 있을 것이다. 양쪽 모두 그다지 달갑지는 않지만, 애초에 우리가 잃지 않고 살아가는 방법은 없으니 견딜 수밖에 없을 것이다. 사랑니가 빠진 자리에는 벌써 새 살이 꽤 차올랐다. 언젠가 아물기는 할 것이다.

덤벼라 건방진 세상아
이제는 더 참을 수가 없다

바위 씀

※ 이 글은 가수 달빛요정역전만루홈런의 노래 <나의 노래>와 <너의 노래>에서 모티브를 얻었으며, 실제 사건, 인물, 배경 등과 관련 없음을 알려드립니다.

나에겐 나의 노래가 있다
내가 당당해지는 무기
부르리라 거침없이
영원히 나의 노래를

그럼 그렇지.

아니, 그래도 그렇지.

아니지, 어떻게 그렇지?

장편소설 공모전 수상 명단에서 내 이름을 발견하고 처음엔 도무지 믿기지가 않았다. 심지어 대상 수상이었다. 대상 수상자는 상금도 5천만원에 특전으로 출판까지 보장이 된다. 내 이름이 새겨진 책이 세상에 나오는 것이다. 대상 수상작이라는 타이틀이 있으면 판매량도 어느 정도 보장이 될 것이다. 세상에, 내 글이 사람들에게 읽힌다고? 내 글이?

기쁜 건 기쁜 거지만, 거슬리는 것이 하나 있었다.

내 소설 제목은 「헬로」, 영단어 hello가 아니라 hell에 路를 더해 지옥길이란 의미로 사후세계에 대한 고찰을 담은 이야기다. 제목을 짓고 나서 스스로도 얼마나 만족스러웠는지 무릎을 탁 쳤던 기억이 생생하다.

그런데 이 출판사 놈들이 내 제목에 엉뚱한 단어를 덧붙여 「헬로」를 「헬로 퓨-처」로 만들어 버렸다. 내 이름 옆에 떡하니 자리 잡고 있는 바뀐 제목을 보며 불만 섞인 콧방귀를 내뿜었다. 그러나 곧 생각은 바뀌었다. 「헬로」는 검색에 노출되기도 힘든 제목이기도 하고, 생각해보니 '퓨-처'

라는 단어는 내 작품의 핵심 소재인 사후세계와 이어지는 키워드로 느껴지기도 했다. 아무래도 출판을 업으로 삼은 전문가들이라 역시 다르네, 감탄까지 날 지경이었다. 그래도 작가와 한 마디 상의도 없이 이렇게 제목을 바꿔버리면 좀 그런 거 아닌가? 글의 주인은 어디까지나, 그리고 언제까지나 작가인데 말이다. 갑자기 허리가 꼿꼿해지고 어깨에 힘이 들어간다. 한번 전화를 해봐야겠어. 담당자에게 이야기를 해봐야지. 일단 바뀐 제목도 나쁘지 않긴 한데요- 라는 대사를 몇 번 연습해봤다. 4번째쯤에 당당하면서도 정중한 뉘앙스의 목소리가 나오는 것 같았다. 담당자 연락처로 명기된 전화번호를 내 핸드폰에 거침없이 꾹꾹 눌렀다.

나 항상 물러서기만 했네
나 항상 돌아보기만 했어
남들도 다 똑같아
이렇게 사는 거야
그렇게 배워왔어
속아왔던 거지

"제목을 저희가 임의로 바꾼 게 아닌데요."

"아니긴요, '퓨-처'라는 단어가 뒤에 떡하니 새로

생겼는데요."

"새로 생겼다구요? 그럴 리 없어요."

"음... 한번만 확인해주시면 안 될까요?"

당당하게 따져 묻는 것도 잠시, 통명스럽고 짜증이 섞였지만 단호한 말투에 나는 또 저자세로 물러서고야 말았다. 아냐, 저자세가 아니다. 대상 수상자로서 품격을 보이는 것이다. 벌써 까탈스러운 대작가 흉내를 낼 순 없으니.

"빈원 작가님 맞으세요?"

"네, 맞습니다."

"「헬로」 쓰신 빈원 작가님이신 거죠?"

"네, 원래 제목은 「헬로」 예요. 그런데 바뀐 제목도 괜찮더라고요. 「헬로 퓨-처」, 내용이랑 더 잘 어울리는 것 같기도 하고."

나는 최대한 공손하고 격조 있게 말하려고 노력했다. 그런 나를 비웃기라도 하듯 전화기 너머로 건조하고 딱딱한 말투가 흘러 나왔다.

"대상 수상은 「헬로」 쓰신 빈원 작가님이 아니라 「헬로 퓨-처」 쓰신 빈원 작가님이세요."

"네?"

이게 무슨 소리여? 나는 도무지 이 사람이 무슨 이야기를 하는 건지 이해가 되질 않았다.

"그러니까 공모전에 작품 제출해주신 빈원 작가님이 두 분이신데, 대상 수상하신 분은 「헬로 퓨-처」를 쓰신 빈원 작가님이세요."

"아... 제가 아니라요?(목소리가 갈라져 나오는 게 느껴졌다)"

"네."

어떻게 전화를 끊었는지 모르겠다. 횡설수설하며 죄송하다는 말도 분명 한 것 같긴 한데, 그 말을 내뱉는 내 목소리가 죄송한 목소리는 아니었던 것 같다. 사실 내가 죄송할 일은 아닌 거 아닌가? 아니 빈원이 세상에 둘이라고? 내 성은 엄청난 희귀 성씨다. 이름도 희귀 이름이고. 그런데 이 좁아터진 글쟁이 세계에, 거기다 같은 공모전에 빈원이 둘이나 있다고?

넌 내게 넘을 수 없는 벽
너 내게 좋아질 거라 했어
너도 역시 똑같아
이제는 믿지 않아
사랑은 내게 없어
나한텐 없어

백만 년 만인가, 인스타그램에 들어갔다.

빈원을 검색해보기 위해서다.

프로필에 당당하게도 '작가'라고 써놓은 사람이 한 명 떴다.

조심스레 내 동명이인의 피드를 염탐했다.

30분 정도 열심히 염탐한 끝에 몇 가지 사실을 알 수 있었다.

1. 빈원(나 말고 대상 탄 녀석) 작가는 나와 달리 여자다.
2. 빈원(나 말고 대상 탄 녀석) 작가는 나보다 대략 10살 어린, 대학생이다.
3. 빈원(나 말고 대상 탄 녀석) 작가의 본명은 이지은으로, '빈원'은 필명으로 쓰고 있다.
4. 빈원(나 말고 대상 탄 녀석) 작가가 필명으로 '빈원'을 택한 이유는 CF 스타 원빈 씨의 팬이기 때문이다.
5. 빈원(나)은 원빈 팬인 10살 어린 여자애한테 이름도 뺏기고 대상도 뺏긴 병신이다.

걔한테 대상을 뺏긴 건 니가 아니라 금상 탄 사람이지, 넌 아무 입상도 못했는데 무슨 대상을 뺏겨. 니가 뺏길 상이 어딨냐, 이 진상아.

라고 빈원(나)이 빈원(나)한테 중얼거렸다.

하지만 진상은 빈원(나)만이 아니다. 빈원(나 말고 대상 탄 녀석)도 진상이다. 아니 왜 멀쩡하고 좋은 이름 놔두고 필명을 쓰냔 말이다. 왜 그 필명은 하필 내 이름이냔 말이다. 난 진짜 빈원이라구. 난 진짜 내 이름이란 말이다.

원망 섞인 눈빛으로 한참을, 정말 한참을 화면 속 환하게 웃고 있는 여자애를 노려보았다.

어찌나 한참 노려봤는지 그날 꿈에 빈원(나 말고 대상 탄 녀석)이 나왔다.

이상하게도 꿈속의 나는 그녀를 짝사랑하고 있었는데 (정말이지 아무 맥락도 없었다), 그녀가 어찌나 철벽을 강하게 치던지 눈물이 날 지경이었다. "글도 잘 못 쓰는 남자는 별로 만나고 싶지 않아요."라는 철벽은 정말이지 넘을 수 없는 벽처럼 느껴졌다. 그런 벽에도 굴하지 않고(?) 그녀를 포기하지 않으려던 꿈속의 내가 그녀를 놓은 것은 아이러니하게도 그녀가 나에게 건넨 한 마디 때문이었다.

"그래도 빈원 씨(왠지 내 이름을 부르는 그녀가 풋- 하고 웃음을 참는 것 같았다)의 글도 가능성이 있어요. 더 좋아질 거예요."

더 좋아질 거라고? 대체, 대체, 도대체 언제.

너도 역시 널리고 널린, 기약 없는 희망고문을 하는 그런 사람들과 똑같구나. 달콤하지조차 않아진 그런 말을 믿으며 스스로를 위로하기엔 난 너무 늙고 낡았다. 그 말 한 마디를 듣는 순간, 이상하리만치 빈원을 사랑하던 빈원의 사랑은 꺼지고 말았다. 사랑이 꺼지는 순간 어떤 깨달음을 얻었다. 빈원에게 사랑은 없다는 것을. 그리곤 잠에서 깼다. 땀에 흠뻑 젖은 채였다.

나한텐 없어.

난 강해질 거야

내 삶의 주인이 될 거야

아무도 나를 막을 수는 없어

대충 씻고 나와 출근 준비를 했다.

대상 탄 줄 알고 잠깐이나마 퇴직을 고민했던 어제의 내가 참 바보 같았다. '에이, 그래도 아직 전업 작가 하기엔 이르지. 암만 대상 작가라도 신인인데 고정 수입이 있는 게 낫지. 아무래도 당분간은 겸업을 해야겠지?' 하고 생각을 고쳐 먹었던 어제의 나는 바보를 넘어 병신 같았다.

왠지 오늘따라 더 절룩거리는 것만 같은 발목을 주무르며 집을 나섰다. 블루투스 이어폰을 끼고 핸드폰에서 음악을 재생하려는데, 두 눈을 의심케 하는 메시지가 미리보기로 화면에 뜨는 걸 볼 수 있었다.

> 안녕하세요! 좋아요 눌러주신 분 이름이 빈원으로 떠서 뭘까 하고 봤는데 진짜 본명이 빈원이신 분이네요! 정말 신기해요 피드...

이게 뭐야?

뭐냐고, 이거.

뭐긴, 빈원 작가한테서 온 SNS 메시지였다. 어제 빈원 작가 인스타그램을 염탐하다가 나도 모르게 터치를 잘못하여 좋아요를 누른 모양이다. 인스타그램의 좋아요 표시가 새빨간 하트 모양이라는 데에 생각이 미치자 간밤에 꾼 이상한 꿈이 괜히 꿔진 게 아닌가 싶기도 했다.

반복학습이란 참 무섭다. 정신을 차리고 보니 이런 멘붕의 상황 속에서도 내 절룩거리는 발은 나를 버스에 태워놓고 있었다. 벌써 다음 정류장이면 내가 내려야 하는 곳이었다. 엄지손가락으로 일단 인스타그램 메시지를 밀어두고(미뤄둔 것이기도 하다), 회사라는 무대에 입장하는 배우는 표정과 눈빛을 미리 만들어야 했다. 그것도 업무 시간에 딴짓하다가 걸려서 경고를 받은 지 일주일 만에 또 딴짓하다가 걸려 불려가 팀장님과 개별 면담까지 한 게 바로 그저께의 일이라면 더더욱 신경 써서 연기를 해야 한다. 나는 존나 반성하고 있고, 존나 정신을 차렸으며, 암튼 존나 존나라는 걸 말이다. 그러니 빈원 문제는 이따가. 빈원 삶의 주인은 빈원이 되어야 하니까. 이젠 존나 아무도 나를 막을 순 없으셈이다. 그게 심지어 빈원일지라도. 아, 팀장님은 막을 수 있으셈이다. 그것도 존나 잘.

가지겠어 워우워
내가 원했던 그 모든 것들을
덤벼라 건방진 세상아
이제는 더 참을 수가 없다
붙어보자 피하지 않겠다
덤벼라 세상아

점심시간이 되어서야, 정확히는 팀장님과 함께 점심까지 먹는 업무를 마치고 나서야 (팀장님이 좋아하는 국밥집에 3일째 계속 붙들려 가고 있다. 심지어 오늘은 다른 팀원들이 다 이런저런 핑계로 도망가서 팀장님과 나 둘이서 먹었다) 자유롭게 스마트폰을 들여다볼 여유가 생겼다. 최소 1시간에 한번은 스마트폰 알림을 확인하고 조치를 취해야만 하는 강박이 있는 나로서는 정말 오래 참은 것이다. 이제는 더 참을 수가 없다. 미뤄둔 메시지들 확인을 해야 한다. 스마트폰 화면을 켰다.

쓰잘데기 없는 알림 메시지들을 대충 처리하는 데에는 얼마 걸리지 않았다. 이제 더 이상 피할 핑계도 없는, 빈원의 메시지를 마주해야 할 때가 왔다. 그래, 붙어보자. 피하지 않겠다. 덤벼라. B급 만화영화 속 주인공이라도 된 듯 각오를 다지는 말을 외며 떨리는 엄지손가락을 화면에 꾹 눌렀다. 미리보기로는 다 보이지 않았던 메시지가 전부 다 보였다.

온

세상이

날

발가

벗긴

채

찌그러

트리는

느낌이 들었다.

안녕하세요! 좋아요 눌러주신 분 이름이 빈원으로 떠서 뭘까 하고 봤는데 진짜 본명이 빈원이신 분이네요! 정말 신기해요 ㅎㅎ 피드에 올리신 글들 직접 쓰신 거예요? 우와!! 정말 너무 재밌어서 시간 가는 줄 모르고 읽었어요!!!

씨발, 정말 씨발이란 말밖에 나오지 않는다. 백만 년 만에 인스타그램을 하다보니 내 피드에 뭐가 있는지도 모른 채 빈원의 피드를 염탐하기에만 바빴던 것이다. 그리고 내가 누군가의 피드를 염탐할 수 있는 만큼, 누군가도 나의 피드를 염탐할 수 있다는 사실 역시 간과했다. 발가벗겨진 듯한 부끄러움이 내 온몸 곳곳으로 퍼져 내 몸 구석구석을 찌그러트리고 있었다. 빈원과 붙어보겠다며 핸드폰 화면을 연 게 불과 1분도 채 되지 않았지만, 나는 일단 전쟁을 치르기에 앞서 나부터 돌아봐야만 했다. 지피지기면 백전백승이니까-같은 말로 합리화를 할 틈 따위조차도 없이, 나는 내 피드를 샅샅이 훑었다.

인스타 갬성 그득한 카페에서 어색하게 웃으며 브이하는 나

MBTI 공식 검사 결과(INFP)

한강에서 라면을 후후 불어 먹다가 김 서린 안경에 당황한 나

한때 즐겨먹던 위스키들

그리고 사진 플랫폼인 인스타그램에 억지로 편집해 끼워넣은 글들이 보였다.

울타리를 넘는 염소에 대한 이야기

앞만 쳐다보니 발자국은 볼 수가 없다

진짜로 엄청난 글들을 쓰려고 했는데

기대지 마시오

…

그래, 진짜,

진짜로

엄청난

글들을

쓰려고

했었다.

도무지 엄청나질 못해서

볼품없이 버려진 내 글들이

피드 한 구석씩을 차지하고

찌그러져 있었다.

차마 그 찌그러진 글들을 눌러보지도 못한 채로 멍하니 바라보다가 점심시간이 거의 다 가버렸다. 이제 자리로 가 팀장님 눈치를 살펴야 할 시간이다. 정말 시간이 참 빠르다, 하고 나도 모르게 중얼거렸다. 그렇게 중얼거리고보니, 내 글을 시간 가는 줄 모르고 재밌게 읽었다는 빈원의 메시지가 생각났다. 그 내용을 다시 한번 읽어보고 싶어서 알림창 탭을 눌렀다. 빈원의 메시지 알림 이전에 뜬 알림들까지 쭈루룩 한번에 떴다.

내 피드의 모든 글에 좋아요와 댓글이 새로 하나씩 달렸다.
터치실수로 좋아요를 누른 나 때문에
내 존재를 알게 된 사람한테서였다.
그 사람의 좋아요와 댓글은 나와는 달리
실수가 아니었다.
실수가 아니라는 그 사실이
뭔가
내 마음을 간지럽혔다.
뭔가.

너와의 사랑은 아름다웠지
그래 아직도 난 널 잊지 못했어
가끔 생각해
아니 언제나 너를 향해 노래해
아무도 듣지 못할
낮은 목소리로만
너를 사랑했던 기억을 노래해

언제나 너를 그리워하지만
다시는 돌아가고 싶지 않아 그때로
나는 너무나 가슴 아팠네

나는 나에게 이런 멀티태스킹 능력이 있는 줄은 미처 몰랐었다. 팀장님의 눈치를 살피는 한편, 나에게 주어진 자료 취합 및 정리 업무를 하는 짬짬이 SNS 메시지를 주고받았다. 얼마나 집중을 했던지, SNS 메시지에 칼답을 하면서도 업무처리속도는 오히려 그전보다 빨랐다. 진작 이렇게 할 수 있었잖아!

이야기를 나눠보니 빈원은 생각보다 좋은 녀석이었다.

지은이는 원래는 자기 이름이 마음에 들었다고 했다. 마치 작가를 해야 할 것 같은 운명을 가진 이름 같아서.

그런데 오빠,(그녀는 어느새 나를 오빠라고 부르고 있었다. 내가 그녀를 지은이라고 부르고 있듯이) 그 운명을 가진 사람이 세상엔 너무나 많아 보이더라구. 세상에 지은이가 얼마나 많은 줄 알아? ㅋㅋㅋㅋㅋㅋ 심지어 하필 성은 또 이씨야ㅋㅋㅋ큐ㅠㅠㅠ 아이유냐고ㅠㅠㅠㅠ

아 그러네, 아이유 본명도 이지은이구나.

답장하기가 무섭게 이어서 메시지가 왔다.

ㅋㅋㅋㅋㅋㅋ그래서 처음엔 반쯤 장난으로 어른유를 필명으로 할까 했다니깐ㅋㅋ 그럼 너무 아이유 의식하는 느낌이잖아 근데ㅋㅋㅋㅋ

어른유도 나쁘지 않은데, 라고 답장을 쓰다가 지웠다. 내 이름을 필명으로 쓰는 것에 대한 거부감으로 보일까 싶었기 때문이다.

"암튼 이런저런 다양한 후보군을 놓고 친구들과 모여서 1박2일 토론하다가 결정내린 게 빈원!!!!이란 말씀ㅋㅋㅋㅋㅋㅋ"

ㅋㅋㅋ잘 지었네, 라는 답장을 보내려다 팀장님이 자리에서 일어나 어슬렁거리는 게 보였다. 괜스레 스트레칭을 하는 척 어깨와 목을 돌리며 곁눈질로 눈치를 살피다가 슬쩍 팔을 뻗어 엔터를 눌렀다.

"그럼그럼ㅋㅋ 빈원으로 지은 덕에 이렇게 빈원오빠를 알게 된 거 아냐!! 오빠의 글도 알게 되구!!! 진짜 너무 재밌게 읽었어ㅎㅎ 요즘엔 피드에 안 올리는 거 같던데? 요즘도 글 쓰지? 블로그?"

뭐라고 답장을 해야 할지 모르겠다. 물론 아직도 가끔, 아니 언제나 글을 써 왔다고. 아무도 읽어주지 않는 보잘것없는 글로 세상을 사랑했던, 미워했던, 그리워했던 기억을 이야기해왔다고. 사실은 네가 대상 탄 공모전에도 글을 냈었다고. 대상 탄 네가 나인 줄 알았다고. 빈원이 빈원이 아니라 지은이라서, 내가 아니라 너라서, 글을 쓰기 싫어졌다고. 이젠 글을 쓰지 않으려 한다고. 라고는 차마 말할 수 없었다.

재밌게 읽어줘서 고마워 ㅎㅎ 으으~ 팀장님이 업무를 너무 많이 주셔서 더는 월루(월급루팡, 일 안 하고 농땡이치며 월급만 받는 행위를 뜻한다고 한다) 못하겠다ㅠㅠ 이따 또 연락해~

특별히 거짓말은 아니다. 뭔가 눈치가 수상해 보였는지 팀장님이 한마디씩 말을 걸며 업무 진척 상황을 체크하는 빈도가 잦아지고 있었기 때문이다. 일단 일을 하자. 지은이나, 글 같은 건 잊자.

오오~ 멋있어!!!! 뭔가 어른 같아!!!ㅋㅋㅋㅋㅋ 직장인 스멜~ 팟팅야!!!

스마트폰 화면에 미리보기로 뜬 메시지를 애써 무시하며 컴퓨터 화면을 바라보았다.

컴퓨터 화면에 비친 내 표정이,

닭배달을 하다 마주친 너를 본 내 표정 같았다.

가슴 한쪽이 너무 아팠다.

참 많이 불러봤어
그리움
기다림
원망의
노래들
이제 날 사랑하겠어
당당해지겠어
그 누구보다 더

3일 만에 정시 퇴근을 했다.

스스로 느끼기에도 고3 수험생 때 이후 하기 싫은 어떤 무언가에 이렇게까지 집중해본 적은 처음이다 싶었다. 굳이 오늘까지 안 해도 되는 업무까지 스스로 찾아 한꺼번에 다 처리해 팀장님께 제출하자 팀장님은 이 새끼가 혹시 뭘 잘못 먹었나 하는 의혹의 눈초리를 잠시 보냈지만 이내 싱글벙글 웃으며 오늘은 정시퇴근하라고 이야기했다.

스마트폰 화면에 미리보기로 떠 있는 지은이의 메시지를 한참 들여다보다가 답장을 하진 않고 알림 페이지를 열었다. 지은이가 좋아요와 댓글을 남긴 게 끝도 없었다. 스크롤을 한참 내리는데 100개는 넘는 것 같았다. 아니지, 그보다 훨씬 많은 것 같았다. 내 피드에 올라와 있는 글 수백 개를 다 읽어버린 건가. 이 정도면 안 읽고 좋아요 테러만 한 거 아니야? 그렇게 여기기엔 정성껏 쓴 댓글이 곳곳에 보였다. 지은이의 좋아요 흔적을 따라 눌러가며 오랜만에 내 글들을 하나하나 마주했다. 참 많이도 썼다. 그리워하다가 기다리다가 원망했던 이야기에 다다랐을 때, 다시 또 네가 생각이 났다. 치킨 봉다리를 들고 땀에 흠뻑 젖어 마주했던 그 얼굴이 생각이 났다. 이상하다. 네가 생각이 나는데 아프지가 않다. 어제까지만 해도, 아니 아까까지만 해도 네 생각이 날 때면 가슴 한쪽을 찌그러트리는 듯 아팠는데. 내가 썼던 글을 읽으며 너를 떠올리니 아프지가 않다.

난 내가 내 글에 위로를 받았음을 실감했다.

과거의 내가 지금의 나를 안아주고 있었다.

나는 또 다른 과거의 나를 찾으러 손가락과 눈을 계속 움직였다.

문득 시간을 보니 새벽 1시였다.

노트북을 뒤져 인스타 계정엔 올리지 않았던 글들까지 찾아내고 난 시간이었다.

왠지 모르게 눈가는 촉촉했고, 가슴은 벅차올랐다.

예전의 나를 읽으며 느낀 충만함이 내 온몸을 부풀어오르게 하고 있었다.

나는 나를, 내 글을 너무나도 사랑하고 있음을 여실하게 느꼈다.

쓸데없는 당당함까지 생겨버렸다.

늦은 시간이었지만 당당하게 지은이에게 메시지를 보냈다.

요즘도 글 쓰지! 읽어볼래?

얼마 지나지 않아 답장이 왔다.

우와!!! 볼래볼래!!! 넘 기대돼!!!! 당장 보내줘!!!!!

"기대지 마시오!!"

으악, 너무 기대된다는 말에 기대하지 말라고 급하게 답장을 보내려다가 '하'를 빼먹어 오타가 났다. 그래도 지은이는 찰떡같이 알아먹은 것 같았다.

기대되는 걸 어캄ㅋㅋㅋㅋㅋ 빨리 보내삼!!!!!"

지은이의 메일로 내 글들을 첨부해 보내며 나는 나도 모르게 혼잣말을 했다.

네가 기대할 글은 아니라도,

내가 기댈 글이긴 하지.

난 이제야
세상이 날 찌그러트려도,
내 발걸음이 아무리 절룩거려도
아무 상관없다는 생각을 했다.

나에겐 나의 노래가 있다
내가 당당해지는 무기
부르리라 거침없이
영원히 나의 노래를

에필로그 -
독립출판 자글자글의 두번째 책을 내며

우리는 일요일 오후 두시가 되면 글을 씁니다. 여기에 미련을, 중독을, 오즈를, 고백을, 후회를, 현실의 단면을, 상실을 담아봤습니다. 그저그런 마음으로 쓰지 않았기에 그저그런 글이 되지 않기를 바라봅니다.

이 책을 읽어주신 모든 분들께 감사드립니다. 자꾸만 기대고 싶어질때, 세번째 책으로 돌아오겠습니다.

기대지 마시오

발행일 2024년 02월 22일
지은이 자글자글

발 행 처 | 인디펍
발 행 인 | 민승원
출판등록 | 2019년 01월 28일 제2019-8호
전자우편 | cs@indiepub.kr
대표전화 | 070-8848-8004
팩 스 | 0303-3444-7982

정가 10,000원
ISBN 979-11-6756495-5 (03810)